辺境貴族の転生忍者は今日もひっそり暮らします。

Henkyou kizoku no Tensei ninja

空地 大乃
Sorachi Daidai

Illustration リッター

CHARACTERS

登場人物紹介

転生前は最強の忍者だった、
本作の主人公。
前世で習得した忍法を駆使して、
異世界での第二の人生を
気ままに満喫する。

清楚で可愛らしい、デックの妹。
兄と違って理知的。

マガミ
銀色の毛を持つ狼。
ジンのことが大好き。
モフられると喜ぶ。
スワロー
ジンの実家に仕える執事。
普段は冷静沈着だが、
怒ると怖い……？
デック
いつも元気な町のガキ大将。
特技は剣術と強化魔法。

プロローグ

かつて日《ひ》ノ本《もと》と呼ばれる国に、武陽《ぶよう》という時代があった。

尾張《おわり》の盟主《めいしゅ》である織田信長の死後、動乱の時代はなおも続き、巷《ちまた》では凶悪な妖怪や鬼が跋扈《ばっこ》するようになった。

そんな時代に暗躍《あんやく》する、とある存在がいた。

特殊な力を用《もち》いて、要人《ようじん》暗殺から化け物退治までどんな仕事もこなす集団。

人々は彼らを忍者《にんじゃ》と呼んだ——

◇◆◇

あたり一面が炎に包まれていた。

仰向けに倒れる俺の体は全身が矢に貫かれ、まるで針鼠《はりねずみ》の様相。

正面に、俺の顔を覗《のぞ》き込む女がいた。俺が「姫様」と慕《した》い、生涯護《まも》り通すと心に誓った女だ。

「……どうして、お願い死なないで」

「……そんな顔をしないで。大丈夫、姫様のことはこの俺が命にかけても守りますから」

「何を馬鹿なことを言うとるのだ！　お主が死ぬと言うなら妾《わらわ》も一緒に死ぬ！」

あぁ、そうだ。こんな姫様だから俺は……

本来、忍者は特定の勢力の下に付くことはない。金次第でどこの組織にでも属する。

負け戦なのは、もうとっくにわかっていた。だから俺以外の忍《しのび》は既に全員里へ戻っていった。俺も再三、里へ戻れと言われていたが、結局この城に残り——その結果、かつての仲間に狙われることとなった。

まったく皮肉なものである。だが、昨日仲間だった者が明日には敵になるという状況は、忍にとって珍しくもないことだ。

俺はそんな環境で育った。だから、血などとっくに冷え切っていると思っていた。心などなくしたと思っていた。

だけど、この姫様が俺を変えてくれた。彼女がいたから、俺は人間になれたんだ。

それなのに——

「あなたに死なれたら元も子もない。だから、あなたは絶対に生きてください。俺の分まで——」

かつての仲間の気配を遠くに感じ、俺は姫様にそう告げた。このままだと、姫様の身も危ない。

俺は魂《たましい》の力であるチャクラを練《ね》り、高速で印《いん》を結んでいく。

ほとんど残っていないチャクラを、命がけで掻《か》き集め——

「神寄《かみよ》せ――黒闇天《こくあんてん》」

「え？　な、何を、嫌じゃ！　妾はお主と一緒に！」

俺が忍法を唱えた瞬間、空間が裂け、その中に姫様が吸い込まれていった。

悪いな姫様。もう俺にはこれしか術《すべ》がなかった。

人外の力を借りて次元の裂け目を作った。きっと姫様は安全な場所へ飛ばされたことだろう。

『……まったく、命をかけ、この我《われ》を寄せた理由が女とはな』

「黒闇天――」

天井近くでふわふわと浮かび、俺に声をかけてきたのは、身の丈以上の長さの黒髪を有し、人間離れした美貌《びぼう》を持つ神――黒闇天だった。

「……悪いな、最後の願いを聞いてもらって」

『ふん、お主とは契約を交わしている身。願いとあれば聞くさ』

「あぁ、ありがとう。これで俺は安心して、逝《い》ける」

『……勝手な男だ。まったく、人というのは脆弱《ぜいじゃく》なものだな』

呆れたように、しかしどこか悲しそうに呟《つぶや》く黒闇天。

「はは、でも、これでお前も自由だろ？　俺が死ねば契約もなくなる」

『あぁ、清々《せいせい》するのう、と言いたいところじゃが――なんとも癪《しゃく》に障《さわ》る。我の見込んだ男がこんなところで死んで終わりなど、許されぬことだぞ？』

「そうは言ってもな、もうどうしようもない」

『ふむ、ならば、最後は我にとどめを刺されよ。どうじゃ？』

とどめ、か。確かに、このままかつての同胞に殺されるよりは、その方がいいかもな。

「……わかった。お前に殺されるなら本望だ」

『よくぞ言った。ならばこれで、とどめを刺すとしよう』

黒闇天が左腕を振り上げると、その手の中に一本の太刀《たち》が現出した。黒闇天の名に違《たが》わない、漆《しっ》黒《こく》の刃《やいば》が特徴的な太刀だ。

『これは死出《しで》の逆太刀《さかだち》じゃ、これでお主の現世の命を奪おう』

「はは、なかなかいい銘《めい》じゃないか。今の俺にピッタリだ」

『……であろうな。では、覚悟するがいい』

俺はゆっくりと瞼《まぶた》を閉じた。

その瞬間、胸が貫かれる感覚。

これが最期《さいご》か。だが、不思議なものだ。心臓を貫かれたというのに、何故かそれほど痛みを感じない——

『そうじゃ、一つ言い忘れておったが、この太刀を受けた者は、死出の旅路を逆に行く。お主の肉体は確かにここで死ぬ——じゃが魂は別の世界で生まれ直すということじゃ。そして契約とは魂で行うもの。ふふ、お主がいったいどこの世界で人生をやり直すかはわからぬが、また会える日を、そしてその時お主がどんな人間になっているか、楽しみにしておるぞ――』
薄れゆく意識の中で、黒闇天の声だけは、はっきりと聞こえていた。
肉体は死ぬが魂は別だと？　それはいったい、どういう……

第一章　転生忍者五歳児編

「おんぎゃーーー！（なんでござるかこれはーーー！）」

なんてこった……意識が再び覚醒《かくせい》した時、俺は自分自身が赤子の身に生まれ変わっていることを悟った。ついついびっくりして、ござる口調で叫んでしまった。普段は使わないけどな、これ。

死出の逆太刀の効果はこういうものだったのか……どうやら俺は、記憶を残したまま二度目の生を受けたらしい。

「～～～～～～～～ッ！」

「～～～～～……」

「～～～～～～～～～!?」

俺の目の前で、二人の男女が言い争っている。言葉がまったく理解できないことから、ここが異国だとわかった。表情を見るに、何か深刻な事態に陥《おちい》っているらしい。

男の髪色は赤茶色で女は黒、どちらも目が青い……顔の特徴は南蛮人《なんばんじん》っぽいが、いったいここはどの国なんだ？

一応俺は忍として、他国の言語を勉強することもあった。忍はどのような環境にも、しっかり順応する必要がある。

特に言語の修得は重要度が高かった。俺が生まれた武陽の時代は、日ノ本にも異国の文化が入ってくるようになった頃だしな。地理も含めて、あらゆることを覚えさせられた。

だがしかし、その知識をもってしても、彼らの言っていることはさっぱり理解できない。

ただ、雰囲気である程度のことは推測できた。おそらくこの男女は、俺の両親なのだろう。

なんだか変な感じだけどな……そもそも俺は天涯孤独《てんがいこどく》だったため、親というものをよく知らない。

二人は、何故か妙に悲しい顔をしている……まさか、俺の様子がおかしいことに気がついたとか？

いや、そういう雰囲気でもなさそうだ。

ふぅ、それにしても、黒闇天が最後に言った言葉——死ぬのは肉体だけという意味はわかった。

だからといって、赤子からやり直させることはない気がするんだけどなぁ……

◇◆◇

転生してから五年が過ぎた。最初は戸惑いも大きかったが、住めば都《みやこ》というのか、すぐに慣れてしまった。

この世界についても大分わかってきた。

まず、ここは俺のいた日ノ本があった世界とは大きく異なるものだった。この世界はデネアルベガというらしい。

その中で、俺は西の大陸であるアルタイルに位置する、リベルタスという国に「ジン」という赤子として転生した。

両親はエイガという姓を有する貴族で、爵位は男爵《だんしゃく》。これは南蛮で主に使われていた制度と一緒だ。日ノ本流に言えば大名《だいみょう》といったところか。

エイガ家はいわゆる地方貴族だが、男爵家の中では名が知れており、多くの魔法士を輩出《はいしゅつ》してきた由緒ある家柄らしい。

そう、魔法。魔法と呼ばれる不思議な力が、この世界では当たり前に存在する。それが俺のいた世界との最大の違いだ。魔法と似たようなことは、前世の俺も忍法や忍術でできたが、忍法や忍術が限られた者にしか使えないのに対し、魔法は基本的に一般人でも使える。

まぁ、その魔法がちょっとした面倒事を引き起こしていたりするんだけど。

「おい、無能！　今すぐこっちに出てこい！」

ほら来た、面倒事が。

自室のドアの向こうから呼ばれたので、俺は扉を開けて返事する。

「何？　兄さん」

「遅い！　呼ばれたらすぐに来い。まったく、魔力なしは動きもどんくさいのだな！」

そう怒鳴り散らしている少年の名前はロイス。一つ年上の兄だ。

この兄貴の言うように、俺には魔力とやらがまったくない。

それは生まれてすぐに行われる魔力測定でわかったことだった。魔力がないと魔法が使えないらしく、どうもその事実がこの世界——特にエイガ家にとっては致命的だったようだ。そのせいで俺は周囲から落ちこぼれ扱いされているし、父親ともギクシャクした感じになっている。

ただ、それでもこの兄貴ほどあからさまに軽蔑《けいべつ》してくる人間はいない。こいつは俺への態度がとにかく酷《ひど》いのだ。

「早く来い、グズ！」

「はい、兄さん」

面倒だったが、大人しく付き合うことにする。

屋敷の庭まで移動したところで、「止まれ」と言われた。

「今日も的《まと》にしてやる。いいか、そこを動くなよ！」

俺は言われるがままその場に立つ。ちなみに兄貴は、魔力が潤沢《じゅんたく》らしい。魔力測定をしたところ、素質ありと言われる量の三倍はあったとか。凄い凄い。

「——我が手に集《つど》え、炎の集束《しゅうそく》、朱虐《しゅぎゃく》の膨張《ぼうちょう》、破壊の紅玉《こうぎょく》、偉大なる赤の女王は爆裂《ばくれつ》を好む……」

欠伸《あくび》を噛み殺しながら、兄貴の詠唱が終わるのを待つ。

最初、魔法という単語を聞いた時は、俺もちょっとは興味を持ったものなんだけどさ。ロイスのおかげで、今では魔法なんて正直見飽きてるんだ。

それにしても、相変わらず詠唱が長いな。詠唱だけで軽く十秒はかかってるんだが。

「──我に仇《あだ》なす者に直撃せよ。炎の制裁、ファイヤーボール！」

ふぅ、やっと完成したか。

詠唱が構築されると、兄貴が突き出した右手に炎が生まれ、球体となって放たれた。

大きさは兄貴の握りこぶしくらい。六歳児の握りこぶしだ。つまりとても小さい。飛んでくる速度も遅いんだよな。矢よりゆっくりだぞ、はぁ。

俺は転生したが、三歳頃から隙《すき》を見て鍛《きた》えていたため、こんな火の玉、牛の歩みの如《ごと》く遅いと感じてしまう。やろうと思えば、この間に厨房《ちゅうぼう》に行き、紅茶を淹《い》れてまったり啜《すす》ったあと、戻ってくることすらできそうに思える。

そんなことを考えていたら、やっと火の玉が届いた。そして、俺の顔に命中。

ボンッ！　と出来損ないの花火みたいな音を立てて破裂し、火花が散った。全然痛くはない。

「どうだ！」

兄貴の声が耳に届く。

どうだと言われてもな……別に今に始まったことじゃないが、正直こんなものかという気持ちだ。

威力で言えば、新人忍者の下忍《げにん》……いや、それ以下の忍者の見習いが練習として使用する火の忍法より弱い。あれだけ大層な詠唱で構築された魔法が、まさか見習い忍法以下とは。

最初は俺も、兄貴はまだ六歳なわけだし、子どもだから魔法も弱いのだと思った。

だけど魔法の先生曰《いわ》く、兄貴のこのファイヤーボールですら、一般的な成人が扱う魔法より遥《はる》かに強力らしい。

詠唱に十秒以上かかり、速度は矢以下で、ついでに言えば有効射程は十メートル程度。日ノ本流に言えば五間《けん》あまりだが、この世界ではメートル法が浸透《しんとう》してるから、すっかりそっちで慣れたな。

この程度の魔法が一般レベルというのは、なんというか心もとない。こう言っちゃなんだけど、もし織田信長さんあたりが転生してたら、すぐに天下統一されちゃいそうだぞ。いや、俺がいた時代には亡くなってた武将ではあるけど、凄《すさ》まじい伝説持ちだから。ホトトギス殺しちゃうから。

「うわぁ～」

そんなことを考えながら、俺はわざと吹っ飛んで地面を転がった。できるだけ痛そうに見えるようにね。

「ははは、やっぱり私の魔法は最高だ！　お前はカスだが、的には丁度いいな」

「もう、酷いなぁ兄さんは。痛《い》たた、ふぅ」

俺は頭を擦《さす》りながら起き上がる。

これだけ大げさにやっておけば十分かな。

「じゃあ、俺は行くね」

「……待てコラッ！」

怒りの声が飛んできた。

振り返ると、兄貴がグルルゥと唸《うな》るような表情をしている。目もやたら吊り上がっていた。

「お前！　なんでそんな平然としてられるんだよ！　無能な魔力なしのくせに！」

「えぇ～？　そんなことなかったよ。痛かったよ～」

大げさに泣き真似をしてみせる。

まったく……変な因縁《いんねん》をつけるのはやめてほしいぞ。こっちは面倒事を避けるために必死で演技してるんだ。

「だ～！　こうなったらまだまだ魔法の練習だ！　そこに立ってろ！」

兄さん、本気ですか？　本気だな、これ。はぁ、本当面倒だなぁ……


それからしばらく、俺は魔法の練習台になり続けた。もう少し上手く演技できればいいんだろうけど、何せ威力がなさすぎて加減がわからない。あまり大げさに痛がると「馬鹿にしてるのか！」と怒られるし、理不尽だ。

俺はまだ、この世界の魔法について詳しく知っているわけではない。だけど、目の前の兄貴が天才と称される才能を持っているのは知っている。

しかし、それでこの程度か。

「はぁ、はぁ、くっ、体だけは頑丈な奴だ。今日はここまでにしてやるよ！」

十発ほどファイヤーボールを撃ったところで、兄貴はやっと諦《あきら》めてくれた。それにしても、随分《ずいぶん》と疲れているみたいだ。あんな威力の魔法をちょっと撃っただけで、そんなに疲れるものなのか？　だとしたら酷く効率が悪い。下忍でも、小岩くらいなら軽く破壊できる忍法を何十発と撃てるというのに。

「お、お前、覚えてろよ！　明日も同じことやるからな！」

兄貴はそう言い捨て、屋敷の中に引っ込んでいく。

また明日もやるつもりなのか……こんな無駄なことするくらいなら、もう少しまともな修業をした方がいいと思うんだけどなぁ。

ともあれ、これで邪魔者はいなくなった。やっと自分のことに専念できるな。

……と言っても、流石《さすが》に使用人や家族のいる屋敷の中でおおっぴらに修業はできない。だからって勝手に屋敷から出ると怒られるんだよな。好き勝手に出歩けないのが、貴族の面倒なところだ。

少し考えたあと、俺は屋敷の厨房に行き、お使いを買って出ることにした。そのついでに、少しくらい寄り道——という名の修業——をしたってばれないだろう。

ということで厨房に向かい、料理をしていたメイドの一人に話しかける。

「何か町での買い物はない？　僕が行ってくるよ」

「そんな！　お坊《ぼっ》ちゃんにそのようなことを頼むわけには……」

「問題ないよ。父上も僕が家の手伝いをすることは了承している。将来のために、できるだけ庶民の暮らしに馴染《なじ》んでおく必要があるし。だから気にしないで」

「さ、左様《さよう》ですか」

「それにほら、今は僕も暇《ひま》だしね」

「なるほど、そういうことでしたら――」

メイドはメモに走り書きして、俺に手渡した。子どもの俺に配慮《はいりょ》したのか、書かれている食材は軽いものがほんの少しだけだ。

よし、これでやっと堂々と外に出られる。これまではほんの少しの間、こっそり抜け出すのが精一杯だったからな。

意気揚々《いきようよう》と屋敷を出ようとすると、背後から声をかけられる。

「ジン坊ちゃま、何かいいことでもありましたか？」

振り向くと、黒いスーツに蝶《ちょう》ネクタイを結んだ人物が立っていた。彼女はうちの執事であるスワローだ。

スワローは女性だが、かつて剣で随分と鳴らしたらしく、また頭もいいということで執事として雇われているんだとか。

執事というのは、いわば使用人のまとめ役だ。執事より下の使用人は、男性は従僕《じゅうぼく》、女性はメイドと呼ばれており、それぞれ雑務を行っている。スワローはそれらの使用人を管理する立場。執事は普通男性が務めるらしく、女性の執事は珍《めずら》しいと使用人の一人から聞いたことがあるが、そこら辺の感覚はよくわからない。

スワローはニコリと柔和《にゅうわ》な笑みを浮かべ、こちらに近づいてきた。動きに合わせて、銀髪の毛先が揺れ動く。

真ん中分けになっている前髪の隙間からは細く整った眉が覗き、切れ長の瞳が印象的な美人である。その凛々《りり》しさから、屋敷のメイドたちからも人気が高いのだそうな。

それにしても……執事服の上からでもわかるほど、胸の膨らみが凄い。屋敷に勤めるメイドもそうだけど、こっちの世界の女性はなんというか、日ノ本の女人《にょにん》と比べて発育がいい。今でこそ慣れてきたが、最初は俺も目のやり場に困ったものだ。

それはそれとして、問いかけられた以上は答えないといけない。

「あぁ、これから買い物に行くんだ」

「そうですか、買い物に。ならばすぐに付き添いを……」

しまった。問題ないと思って話したけど、余計な気を回された。

「いやいや、そういうのじゃないんだ。父上にも許可されていてね、一人でお使いに行くのさ。だから気にしないでいいよ」

「ですが、道中には獣《けもの》が出る可能性も……」

「そ、それは、ほら、父上から獣避《けものよ》けを預かっているし、大丈夫だから」

勿論《もちろん》これは嘘だ。むしろそんなものを持たされたら、修業の邪魔になるから置いていく。

「ですが……」

「とにかく、行ってくるね！」

スワローが心配そうにしていたけど、俺は強引に話を打ち切って駆け足で屋敷をあとにした。

屋敷の門を出てしばらくしたところで走るのをやめ、のんびり町に向かう。

これから行く町は、領主である父上の管理している町だ。ちなみにエイガ家の屋敷は、町が一望できる丘の上にある。

街道はしっかりと整備されており、昼間なら街道近くに獣が出ることはそうそうない。大昔はよく出没《しゅつぼつ》したそうだけど、冒険者なんかが狩りまくっているうちに、近づかなくなったのだとか。

この世界の獣はわりと賢いんだよな。獣の持つ魔力が知能を発達させているからだ、と聞いたことがあるけど、詳しいことはよく知らない。

それでも絶対に現れないとは限らないので、町へ行くには獣避けを持って歩くか、護衛つきの馬車に乗ることが多い。

ここから町までは、馬車だと三十分ほどかかる。馬車はそんなに速度を出さないし、正直俺が走った方がよっぽど速い。

もっとも、このまま普通に街道を通って町へ行く気はない。それだと修業にならないからね。

俺は街道の途中で脇にそれ、森の中に入っていった。この街道は森を切り拓《ひら》いて造設したものであるため、道の左右には緑が色濃く残っているのだ。

森の中は、背の高い木が多く生えている。

よし、早速修業開始だ。

俺は内側でくすぶり続けているチャクラを解放し、全身に漲《みなぎ》らせた。

その状態のまま、一本の木を見上げる。

高さは三十メートル前後といったところか。普通の五歳児なら、登ることすら厳しいだろう。

だが、チャクラによる肉体強化を施した今の俺なら話は別。

地面を軽く蹴って飛び上がると、俺の体はあっという間に木のてっぺんを超えてしまった。

木々を完全に見下ろしたところで上昇は停止。五十メートル以上は飛んだか。

ふむ、まさかここまで飛び上がるとは……これ多分、前世の子ども時代の俺より凄いな。

チャクラによる肉体強化は、忍術の基本中の基本だ。勿論前世でも俺は幼い頃から習得していた。

肉体強化の程度はチャクラ量によって決まり、単純にチャクラの量が多ければ多いほど、肉体もより強化される。

流石に転生直前よりは劣《おと》るけど、今の俺は明らかに大量のチャクラを持っている。

これは、転生してからしばらくあとで気がついたことである。このことについて、俺は次のような仮説を立てている。

まず、前提として、チャクラというのは魂から生み出される力だ。だから魂——つまり、精神が成長すればするほど、チャクラの量も増える。

基本的には、魂は肉体と共に成長する。つまり、幼い子どもの有するチャクラ量は少ないはずなのだ。

それにもかかわらず、俺のチャクラ量は非常に多い。これはやはり、転生が影響していると考えていいだろう。

黒闇天の死出の逆太刀により、前世の俺の魂はほとんど完全な形として残り、本来「ジン」として生まれる魂と融合した。その結果、今の「ジン」としての俺は、普通の人間より魂の力が遥かに強くなったということではないか。

まぁ、あくまで仮説であり、確かめる術はない。重要なのは、俺の持っているチャクラがとてつもなく多いということである。

せっかく受けた恩恵だ、ありがたく活用させてもらおう。

「ひゃっほ〜〜！」

そんなわけで、俺は猿みたいに木から木へ飛び移り、久方ぶりの自由を満喫する。ずっと屋敷にこもりっきりというのは性に合わないんだ。

枝を使ってくるくる回って勢いをつけてから手を離し、空中で八回転したあと、着地する。

うん、悪くはないな。前世の全盛期並みとまではいかないけど、チャクラのおかげで大分イメージに近い形で動ける。

「グルルルゥウウ――」

「お？」

どうやらお出ましのようだな。

唸り声の方を振り向くと、このあたりの森を縄張りにしていると思われる、フォレストウルフの群れがいた。数は全部で五匹か。

フォレストウルフとは、要は狼だ。日ノ本でよく見かけるやつと、姿はそれほど変わらない。

ただし、日ノ本の狼と違うのは、フォレストウルフには魔力があること。

ここで、魔力について俺が知っていることを、少し説明しておこう。

魔力というのは、世界に満ちている魔素を呼吸などで体内に取り込むことで生み出される力だ。

この世界の生物は、その魔素を魔力に変えられるんだとか。

だが、転生の影響なのか、俺にはそれができない。だから俺はこの世界の魔法が使えないというわけ。

さて、俺のような例外を除き、この能力はこの世界の生きとし生けるもの全てに備わっている。

だからこういった獣も本能で魔力を扱い——おっと！

「グルゥ！」

考え事をしていたら、一匹が飛びかかってきた。

ひらりと躱《かわ》すと、鋭《するど》い爪が地面を大きく抉《えぐ》る。

これこそが日ノ本にいる獣との最大の違いである。日ノ本では、妖怪の類《たぐい》でもなければ、爪の一撃でこんな威力は出せない。

この世界の獣は、人々にとっての大きな脅威の一つだ。

さて、どう倒そうかな……何も考えず倒すだけなら簡単だ。でも、流石にただ殺すだけという真似はしたくない。忍者は、無益《むえき》な殺生《せっしょう》はしないのだ。

確か、フォレストウルフの毛皮は、町ではかなりの高値で取引されているんだったな。屋敷にちょいちょい商人が出入りしているため、そういう話は時折耳にしている。

なら毛皮を傷つけるようなやり方は駄目だな。忍法を利用した方がいいだろう。

忍法は、チャクラを火や水、風や土といった様々な属性に変化させて行使する術だ。チャクラの性質を変化させるのはかなり大変なのだが、周りにあるものを利用して忍法を使えばチャクラの消費も抑えられる。

何もないところから水を生み出すのは難しいが、近くの水場から水を拝借《はいしゃく》してコントロールするのは簡単、という理屈だ。

そういう意味では、わりとどこにでも存在する風や土といった属性は扱いやすい。

火は周りにないけれど、慣れてしまえばチャクラで火種を作ることはそれほど難しくなく、それを利用することでチャクラの消費を抑えつつ、高い威力の火属性忍法が期待できる。

しかしここでは火の忍法を使うのは論外。毛皮も焦《こ》げるし、森に燃え移る可能性がある。

風属性は扱いやすいが、鎌鼬《かまいたち》といった風の刃を起こす忍法は毛皮が切れてしまうため、候補から外す。突風で吹き飛ばすという手もあるけど、回収が面倒くさい。

水属性は先ほど述べた通り、水場がないとチャクラが無駄になる。なるべく使いたくはないな。

土属性は基本的に防御に役立つ忍法が多い。土を石礫《いしつぶて》にして飛ばす忍法もあるが、毛皮はそれなりに汚《よご》れ、傷つくだろう。

「よし、ならこれだ」

俺は手の指を高速で組み換え、印を結んでいく。転生前の全盛期よりは身体能力が劣るけど、それでも三秒あれば、それなりの術の印を十種類は結べる。

印を結ぶことで、忍者はチャクラの性質を変化させることが可能だ。この世界でいう詠唱と魔法の関係に似ているかもしれない。あんなに長々唱えたりしないけどな。

「忍法・射躬雷《しゃくらい》！」

印を完成させ、俺は右手を前に突き出した。

すると、俺の右手から九本の雷が同時に放出され、目の前にいたフォレストウルフ全てを蹂躙《じゅうりん》する。

俺が使ったのは、雷属性の忍法。

雷は無から生み出された力に思えるが、実はそうではない。西洋から伝わった知識によって、雷と似たような電気というものが人にも備わっていることが明らかになったのだ。

俺は体内に流れる電気を利用したので、チャクラの消費は抑えられたというわけ。もっとも、体

内の電気を増幅させて雷に性質変化させることは非常に難しいので、里でも扱える忍は数えるほどしかいなかった。

狼は声を上げずバタバタと倒れていった。威力は体が焦げつかず、心臓が停止する程度に抑えたつもりだが、どうかな？

近づいて確認……うん、全部死んでるな。毛皮も焦げてない。

さて、ここから毛皮を剥《は》ぐ必要がある。

強化した腕で無理やり剥がせないこともないけど、それだとやっぱり傷《いた》むだろう。

ここもやはり忍法に頼るか。

というわけで土と金を意味する印を組み合わせ、忍法・錬金《れんきん》を発動。

土に含まれる鉄分を増幅させて成形してっと……よし、苦無《くない》が一本できた。

苦無は忍者の持つ便利忍具の一つだ。「これ一本あれば苦しく無い」なんて言われるくらい、なんでもできる。逆に言えば、これ一本であらゆることをこなせてこそ、忍者として一人前である。

俺は苦無を用いて、五匹の毛皮を剥いでいった。

確か、フォレストウルフは肉も買い取ってもらえると聞いたな。冒険者なら冒険者ギルドに売れるらしいけど、俺の年齢じゃ無理。冒険者になれる年齢は正規で十五歳、見習いでも十二歳からと決まっている。

まぁ、素材の処分は町に着いてから考えるとして、問題は運搬《うんぱん》方法だ。毛皮を持っていくにも何かで縛《しば》ってまとめておきたいところだし、肉も生のまま持ち歩くわけにはいかない。一応買い物用の手さげかばんは持参しているけど、こんなんじゃ入り切らない。

だから今度は忍法・繊維錬成《せんいれんせい》で、植物を材料に縄《なわ》と袋を作り出した。

ちなみに、こういった道具は便利ではあるけど、込められたチャクラが切れたら形が崩《くず》れてしまう。

込めるチャクラ量によって最長十日はもつが、ひとまず今回は半日もてばいいかなって程度にしておいた。勿論、忍法・錬金で作った苦無も同様。用が済んだらあとで消しておく。

さてと、これでとりあえずはいいか。あとは道中で適当に忍術を試しながら、町に下りるとするかなっと。


「うん、飛脚《ひきゃく》の術も問題ないな」

俺は今、空中を蹴りながら森を進んでいた。

飛脚の術は忍法ではなく、忍術の一つである。忍法は印を結ぶことでチャクラの性質を変化させて放つ技で、この世界の魔法に近い。一方の忍術は、性質変化を伴《ともな》わない技のことだ。

忍術の多くはチャクラを使うが、水蜘蛛《みずぐも》の術みたいに足に特殊な道具を嵌《は》めて水の上を歩くといった技も、一応忍術の一種だったりする。

今俺が使っている飛脚の術は、チャクラを肉体の特定部位に集中させることで強化する強化系忍術の応用で、足に集めたチャクラで空中を蹴り移動するものだ。

なお、この術はかなり習得が難しく、下忍程度じゃ覚えられない。習得の際は大抵、壁走りや接着の術で練習するところから始める。

壁走りとは文字通り壁を走る忍術で、接着の術は壁にピッタリ足をくっつける忍術。壁と言っているけど、対象は別に木でも岩でもいい。

壁走りはチャクラで脚力を強化し、勢いをつけて走るだけだから難度は低めだ。一方で接着の術はチャクラの繊細な操作が要求されるため、難度が高い。当たり前だが、俺はどちらもできる。

飛脚を使い、上空二十メートル付近の高さを移動する。

高いところはやはり眺めがいい。チャクラで視力も強化してあるしな。

……うん？　あれって？

俺の前方には現在、目的地の町が見えている。その町と繋《つな》がる別の街道に、不審な動きがあったのだ。

目を凝らすと、馬車が複数の人間に襲われているのが見えた。馬車の護衛っぽいのが戦っているが、怪我をしているしどうにも旗色が悪そう。襲っているのは、どうせ盗賊なんだろうな。

やっぱり、どこにでもあんな連中はいるんだな。前世にもいたっけ。下級武士崩れが盗賊をやったり、凶作《きょうさく》に見舞われた農民が仕方なく盗賊稼業に手を染めたり。大名が盗賊団を囲っている場合もあったな。勿論、忍が盗賊に堕《お》ちる場合も存在した。

それはそれとして、一応俺もこのあたりを治める領主の息子だ。悪行を見て見ぬふりってわけにもいかない。

しかし、むやみに顔を晒《さら》したくはないな。前世でもそうだが、忍者は自分の素性《すじょう》を軽々しく明かしたりしない。

う～ん、しょうがない。

地上に下り、忍法・繊維錬成で頭巾《ずきん》を作る。前世でよく被っていたような黒頭巾だ。

さて、急ぎだからここはっと――

「忍法・疾風迅雷《しっぷうじんらい》――」

印を結んで忍法を唱えた途端、俺の全身から電光が迸《ほとばし》り、一気に加速。音を置き去りにするほどのスピードで目的地へ向かった。

これは、全身に雷をまとい移動速度を上げる忍法。その速さはまさに雷の如しといったところで、長い距離を一瞬で移動したい時は重宝《ちょうほう》する。

木々の間をすり抜け猛スピードで移動し、あっという間に到着した。

護衛は二人。盗賊の方が数は多い。

護衛の一人は女で、馬車を背にして、矢が深々と突き刺さっている肩を右手で押さえていた。顔色が悪いな。

もう一人の護衛は中年の男性で金属製の鎧《よろい》を装備しており、今は片膝《かたひざ》をついている。戦意は失ってないようで剣を持ってはいるけど、苦しそうだ。

それを見下ろす敵は、毛皮を身にまとった厳《いか》つい男。随分とごつい曲刀《きょくとう》を振り上げ、今にも斬りかかりそうな状況だ。

周りには他に四人の仲間がいて、それぞれ弩《いしゆみ》を手にしたり杖を持っていたりする。

状況はよくないが、ま、なんとかなるか。

俺は忍法・錬金で作製しておいた苦無を投げつけた。

風を切って飛んだ苦無は、曲刀を振り上げていた男の腕に命中した。

「がっ！　な、なんだ！　誰だ！」

「通りがかりの忍だよ」

「は？」

利き腕を押さえている男の正面に移動し、チャクラを集束させた掌底《しょうてい》を肋《あばら》に叩き込む。

「ぐふぇ！」

呻《うめ》き声を上げ、男の体がくの字に曲がった。口から汚い液体を吐き出しそうになっていたから、顎《あご》を殴《なぐ》って強制的に閉じ、ジャンプして頭上から蹴りを落とす。

男の顔が地面にめり込んだ。

「か、頭《かしら》が！」

「い、いったいどうなってやがる！」

周りの盗賊が狼狽《うろた》え始める。

え？　こいつが頭なのか？　いやいや、弱すぎでしょう。最初の掌底——集束させたチャクラを叩き込む通破《つうは》の術をお見舞いしたとはいえ、そんなに強くやった覚えはないんだけどな。

「「「てめぇ、ぶっ殺してやる！」」」

四人の盗賊が、揃《そろ》って頭の悪い言葉を口にし、襲いかかってきた。前衛役らしい二人の一方は斧《おの》、もう一方は槍を振りかぶり、後衛の一人は弩で矢を放ち、もう一人の杖持ちは魔法を詠唱している。

魔法は詠唱に時間がかかるから後回し。飛んできた矢は指でキャッチして撃ってきた本人に投げ返しておく。

弩を持った男が倒れたのを確認していたら、斧と槍が眼前に迫ってきた。

……忍法を使うまでもないな。

斧を持つ盗賊と槍を持つ盗賊の腕に左右の手を当て、それぞれの軌道《きどう》を逸《そ》らす。

その結果、斧持ちと槍持ちは互いに攻撃し合い、同士討ちとなる。

「ギャッ！」

「いてぇぇぇぇよぉおおお！」

二人の盗賊は悲鳴を上げて地面を転がった。いや本当、もう少し根性を見せようぜ。

「——受けよ風の洗礼を！　ウィンドカッター！」

——パシン！

俺が余裕で他の三人を倒した頃になって、ようやく杖持ちが詠唱を終えて魔法を飛ばしてきた。

ただ、飛んできたのが手裏剣――しかも比較的小さなやつ――と同程度の風の刃だったから、つい手で払っちゃった。

そしたらあっさり魔法は霧散《むさん》した。よわ……手もまったく傷ついてない。

「……は？」

いや、は？　じゃねぇし……

魔法の才能があるという兄貴の魔法も呆れるほど弱かったが、こいつのはもっと酷いな……こんな魔法、使う意味あるのか？

「一応念のために聞くけど、今のは手加減してくれたの？」

「ば、馬鹿言え！　俺は全力でやった！」

「あっそ」

「ガハッ……」

もうこれ以上話しても仕方ないから、杖持ちに速攻で近づいて、当て身で気絶させた。

ふぅ、やれやれ。しかし……この程度の腕で、よく盗賊なんてやる気になったな。

「あ、あの……ありがとうございます」

「……助かったよ。本当に危なかった」

と、馬車の護衛と思《おぼ》しき二人が、近づいて礼を述べてきた。男の方は、俺が頭巾を被っているせいか怪訝《けげん》そうな表情を浮かべていたけど、助けたことには感謝してくれているようだ。

顔を隠した状態で猫を被った話し方をするのも意味ないよな。普通の口調で返事するか。

「……たまたま通りかかったから助けたまでさ」

「そ、そうか。しかし貴方はいったい……顔はわからないが、ノームだったりするのかな？」

男がそう尋ねてきた。

ノームというのは、この世界の種族の一つだ。背が低く、大人になっても人間の子ども程度までしか身長が伸びないとされていて、足が物凄く速いらしい。

他にも、ドワーフやエルフなんて種族もいるそうだ。会ったことはないが、屋敷の本を読んでいるので、そういうのは知識として知っている。

人間の子どもは普通こんなに強くないし、向こうがこちらをノームと勘違いするのも無理はない。

「悪いが、あまり素性を語りたくないんだ」

「そ、そうか。まぁ助けてもらっておいてあまり詮索するのも失礼だったな」

「わかってくれたならいい。それより……怪我は大丈夫か？」

彼らの容態《ようだい》が気になって、ついつい聞いてしまった。

「問題ない。見た目ほど深刻なものじゃないからな」

男が答えた時、馬車の中から恰幅のいい男が出てきて、話に加わった。

「積荷の中にポーションがあるので、それを使いましょう」

そう言った男は、赤くて裾《すそ》の長い、ゆったりとした外套《がいとう》を羽織《はお》っていた。足には革製の高そうなブーツ。いかにも商人っぽい見た目である。

どうやら、この馬車は商売品を運んでいたようだ。護衛をつけているのも頷《うなず》ける。

商人の男は荷の中からポーションを出して二人に渡した。なかなか気前がいいな。

ポーションはこの世界における便利道具の一つで、薬草などを煎《せん》じて作る薬だ。これを飲むと、ちょっとした怪我ならすぐに治ってしまう。怪我の程度が酷い場合は、患部《かんぶ》に直接かけてやることで重点的に治すこともできる。

ちなみに、この世界には治療魔法なんてものもある。前世にも医療忍法を使う者はいたが、使い手はかなり限定されていた。こちらの世界だと、教会に属する者なら、程度の差はあれど大体使えるようだ。

「さて、どなたかは存じ上げませんが、助けてくださりありがとうございます。ぜひとも何かお礼を差し上げたいのですが」

商人の言葉に、俺は首を横に振って応《こた》える。

「お構いなく。偶然見かけたまでなので」

「しかし、それでは私の気が収まりません」

「そう言われてもな……」

気前がいいだけでなく、なかなか律儀《りちぎ》な商人のようだ。

だけど、お礼なんて言われても……いや、待てよ。

「……それなら、これを買い取ってもらうことは可能か？」

丁度いいかもしれないと思い、俺は持っていた毛皮と肉を見せて尋ねた。

「ほう、これはフォレストウルフですな。ふむ、しかしこれはなんと上質な……毛皮はとても状態がよく、肉もしっかり血抜きされている」

毛皮と肉を見て、感嘆の声を上げる商人。

護衛の男女も覗き込んできた。

「あぁ、本当にこれは大したもんだ。冒険者の中でも、これほどしっかり処理できる奴はそういない」

「本当、鮮《あざ》やかなものね」

自分では普通に処理しただけのつもりなんだけどな。

しげしげと眺《なが》めたあと、商人が口を開く。

「これだけの品ならば、そうですね――助けてもらったこともありますし、大銀貨二枚で引き取りましょう」

大銀貨二枚か。結構なお金になったな。

この世界では、銅貨、大銅貨、銀貨、大銀貨、金貨、大金貨という貨幣《かへい》が使われている。一番価値が低いのが銅貨で、十枚ごとに次の貨幣へと価値が繰り上がる。大銀貨は銀貨なら十枚分、銅貨なら千枚分だ。貴族家に生まれたから詳しいお金の価値はまだよくわかってないが、かなり色をつけてもらったのは理解できる。

「わかった。それなら助かる」

「ではこれで」

俺は毛皮と肉を手渡し、代わりに大銀貨二枚を受け取る。おかげで随分と身軽になった。

「もし町まで行かれるなら、ご一緒にいかがですか？」

商人がそう言ってくれたが、俺は首を横に振った。

「いや、俺は他にも寄るところがあるから。ところで、この盗賊たちは大丈夫か？」

「あ、あぁ。適当に縛って馬車に運んで、冒険者ギルドに引き渡すつもりだ」

護衛の男が言った。

ふむ、冒険者ギルドに連れていくということは、やはり護衛は冒険者だったか。さっき毛皮と肉を見ていた時も冒険者がどうとか言っていたよな。

護衛の仕事は、冒険者ギルドでは一般的な依頼だと聞いたことがある。あらゆる依頼をこなして報酬を受け取って生計を立てている点は、俺たち忍に似ているが、どちらかというと冒険者は用心《ようじん》棒《ぼう》に近い。忍は冒険者と違って、表立って活動しないからな。

「そうか、なら俺はもう行くよ。流石にもう危険はないと思うけど、気をつけてな」

「あぁ、俺たちにも意地がある。もうこんなヘマはしないいさ」

俺は助けた商人たちに別れを告げ、一旦その場を離れた。

と言っても、実際は俺も町に行くんだけどね。


町の入口に着いた。一人でここまで来るのは初めてだ。

ちなみに、頭巾は取ってある。あんな頭巾を被ったまま町に入るわけにはいかないしな。

この町は周囲を高い壁に囲まれている。高さは十メートルくらいか。

日ノ本ではこんな高い壁で町を囲むことなんてなかったから、なんとも慣れないな。土塁《どるい》や石垣《いしがき》くらいはあったけど。

さて、そんな壁に囲まれた町だから、入るには各所に設《もう》けられた門を通ることになる。

俺がいる門の前には、二人の門番が立っていた。

黙って入ろうとすると引き止められたが、俺の顔と服にある紋章《もんしょう》を見て、門番の一人が目を真ん丸にして声を上げる。

「これはこれは、まさか領主様のご子息がお一人で来られるとは！」

町に入る際は、基本的に身分の証明が必要になる。商人や冒険者なら、それぞれのギルドから発行される証明書があればすんなり通れるが、それ以外の人間だと根掘り葉掘り質問された上、通行料を取られる。

その点、俺の場合は家紋や顔ですぐに素性がわかってもらえるから便利だ。

「しかし今日は何用で？」

「あぁ、お使いで来ただけだよ」

「なんと！　わざわざご子息だけで自《みずか》ら？」

門番がのけぞった。いちいち動きが大げさな男だな。

とりあえず、頷いて返事する。

「これも学びの一つだよ。とにかくそういうことだから、もう行っていいかな？」

「お待ちください。それなら護衛を……」

「いやいや！　いらない、いらない！　本当に大丈夫だから！」

「ですが、もし何かあったら――」

それから門番とすったもんだあったが、なんとか一人で町に入ることができた。それにしても、やたらおしゃべりな門番とは対象的に、もう一人は微動《びどう》だにしなかったな。

ふぅ、でもこれは帰りも面倒そうだな。お使いを済ませたら、もう壁を飛び越えて帰ってしまおうか。確かに高い壁ではあるけど、チャクラを使って肉体を強化すればわけはない。

まぁ、それはあとで考えるとして。

俺は改めて町を見る。

この町の名前はエガという。落ち着いた雰囲気の漂《ただよ》う、のどかな町だ。昼は町人が畑仕事に出ていたり、町の外の採掘所《さいくつじょ》に行ったりしているから、なおさら静かに感じる。

採掘所といったが、エイガ家の治めるこの領地には、魔石《ませき》を採掘できる鉱山がある。魔石採掘は、この領地での主力産業だ。

魔石は、主に魔法の効果を上げる装身具や、杖の材料になるらしい。

男爵家が治める町としては、エガはわりと大きい方なのかも。あくまで、俺が得た知識と照らし合わせた上での意見だけどね。

領地を持てる爵位の中では、男爵は一番下位だ。男爵より下には、騎士になった時点で与えられる騎爵や、名誉爵とも呼ばれる準男爵があるが、これらの爵位では領地は持てない。

多くの男爵は小さな村落を一つないし二つ治めるくらいなんだけど、エイガ家は魔法関係の功績が国から認められているから、鉱山や町を含む領地を治めている。

さて、それはそれとして、目的を達成しないとな。買い物、買い物っと。


お使いはあっさり終わった。まぁ、子どもに任せる程度の買い物だ。そんな難しいものじゃない。

メイドはメモまで用意してくれたけど、その場で暗記できる程度の量だったし。

あとは帰るだけだな、と思って門に向かおうとしたら……

「これはこれは、こんなところで会えるとは奇遇ですなぁ」

見知った顔の少年が近づいてきた。

こいつは……うちに出入りしているバーモンド商会の会長の息子だな。

バーモンドは膨らみのあるズボンを穿《は》いて、ドレスシャツに赤いベストといった出で立ち。眼鏡をかけた小柄な出っ歯少年であり、キノコみたいな髪型をしている。特徴のある顔だから、一度見ただけで覚えてしまった。

バーモンドは、三人の少年を従えていた。

そのうちの一人がバーモンドに話しかける。

「おいラポム、こいつが噂のエイガ家の落ちこぼれか？」

ラポムとは、バーモンドのファーストネームだ。

「あぁそうだ、デック。こいつがロイス様の愚弟《ぐてい》、ジン・エイガさ」

嘲《あざけ》るような口調でバーモンドが答えたあと、腰に小ぶりな木刀を差した少年と杖を持った少年が小馬鹿にしたように言ってくる。

「確か、数多くの優秀な魔法使いを輩出したエイガ家において、とんでもない落ちこぼれとか？」

「魔力測定の時、あまりに魔力が少なすぎて計器が動かなかったって話だよな！」

大柄なデックと呼ばれた少年は、腕を組んでジッと俺を見下ろしていた。揃いも揃って、いかにも悪ガキと言った様相である。

「……それで、なんの用なのかな？」

丁寧な口調で、一応用件を尋ねてみる。

口ぶりからして、碌《ろく》な用件じゃないんだろうけど。

「いやいや、自分もエイガ家に出入りしている身ですからね。姿を見かけたので、一応ご挨拶くらいはと思いまして。しかし、驚きましたなぁ。仮にも領主様の息子が、護衛もつけずこんなところまで一人で買い物とは」

嫌味ったらしくバーモンドが言った。

やれやれ、俺が買い物している時に感じた視線は、こいつらのものだったか。

実はお使い中、ずっと誰かがこちらを見てきていた。殺意は感じなかったから放っておいたけど、買い物を見るなんて、どんだけ暇人なんだか。

「まぁ、将来のためにも経験は積んでおかないと」

俺が言うと、悪ガキ共は口汚く罵《ののし》ってくる。

「プッ、将来のためにってマジかよこいつ！」

「町までわざわざ買い物だなんて、やってることは召使《めしつか》いと一緒じゃん」

「領主の息子のくせに、お前そんなことやらされてるの？」

まったく、やかましい連中だ。

「いやいや、そんなに馬鹿にしてはかわいそうですよ。確かに彼には魔力が全然なく、ロイス様と違って将来領地を継ぐ立場でもなければ、優秀な魔法士になれる素質もありません。だからこそ、こうやって奴隷《どれい》の真似事をして、将来家を出る時のために頑張っているのではないですか」

すると、バーモンドは俺を小馬鹿にするようにそんなことを言ってきた。にやついた顔に性格の悪さが滲《にじ》み出ている。

子どものうちからこんなんで、俺としてはお前の将来の方が心配だぞ。

とりあえず、今のが失言だったってことは遠回しに伝えておくか。

「あぁ、まったくもってその通りだよ。うちの領地は兄さんが継ぐだろうし、将来のために世間のことを知っておかないといけないのは事実だ。ただ、うちで働いている使用人たちはみんな立派な人ばかりだよ。そんな彼らに仕事を任されたことを、僕はとても光栄に思っている。だから、君たちが彼らを召使い、奴隷呼ばわりするのは、あまり愉快じゃないかな」

そこまで言うと、彼らは気まずそうに口をつぐんだ。

こいつらは俺の悪口を言っているつもりだったんだろうけど、「召使い」「奴隷」という言葉はエイガ家の使用人まで馬鹿にする表現である。それは間接的に、エイガ家そのものの格を貶《おとし》めることになるわけで、仮に他のエイガ家の関係者に聞かれたらどうなるかわかったもんじゃない。反省してくれるといいのだが。

「……いやいや、別に使用人の仕事を馬鹿にしたわけではありませんよ」

バーモンドが取り繕《つくろ》うように言った。ま、そう言うしかないよな。

「そう、それならよかった。なら僕は行くね」

そのまま連中の横を通り過ぎようと歩きだす。

「……ですが、使用人に任された仕事を、仮にも領主の息子である貴方がまったくこなせなかったら、家の方々はどう思いますかね？」

すれ違う直前、バーモンドが眼鏡をクイッと上げ、口角を吊り上げてそう言うのが聞こえた。

すると、その言葉が合図だったかのように、デックがこちらを転ばせようと足を出してくる。その勢いは蹴りに近い。

「大丈夫――」

「え？」

俺が言うと、デックは目を丸くさせ、思わずといった調子で声を上げた。

引っかけてこようとしたデックの足を躱したのだ。こんな見え見えの手に引っかかるわけないっての。

「――流石にお使いくらいは失敗しないさ」

「チッ、運のいい奴め！」

舌打ちするデック。いやいや、運とかじゃないし。

「こうなったらおい！　アレを使え！」

「イェッサー！」

「喰らえ！　泥の洗礼！」

デックに言われ、取り巻きの少年二人が泥団子《どろだんご》を取り出して構えた。あんなものわざわざ用意してきたのか……

「フッフッフ、この特製泥団子は、外側は固いが中は柔らかくドロドロなのさ。お前の買ったものを台無しにしてやる！」

デックも泥団子を持ち、得意そうに言う。

「おやおや、これではお使いの品が泥だらけになって大変なことに。薄汚れた情けない姿で帰ることになるんでしょうなぁ」

バーモンドがニヤニヤしながら言った。このあたりは本当、子どもの発想だな。くだらねぇ～。

四人は俺の前後左右に一人ずつ立って取り囲んできた。バーモンドだけが泥団子を持っていない。他の三人より俺との間隔が離れているし、高みの見物を決め込むつもりなのだろう。

「オラオラオラオラオラ！　お前らも投げろ投げろ！」

デックたちが泥団子を投げ始める。

「ブベッ！　ベッ！」

三人の投げた泥団子は見事に命中した……バーモンドの顔面に。

「「「あれ？」」」

「な、ど、どこ狙ってるんだよ！」

「いや、悪いな。でも、あれ？」

バーモンドが怒鳴り、デックは謝りつつも首を傾げた。

どうやら奴らは全然気がついてないようだが、飛んできた泥団子の軌道を、俺が全て指で弾《はじ》いて逸らしてやったのである。

その結果、バーモンドは泥まみれの顔に。勿論狙ってやったことだけどな。それくらいの意趣《いしゅ》返しは許してほしい。

「く、くそ！　投げろ投げろ！　おりゃ！」

「とりゃ！」

「でい！」

「ぶべっ！　ぶぼっ！　げへっ！」

三人の投げる泥団子は全て、俺が軽く指で触れるだけでバーモンドに向かって飛んでいく。こんなの、忍術を使うまでもない。本当になんてことない指の動きだけで十分だった。

「や、やめろ！　いいかげんにしろ！　お前ら僕に恨みでもあるのか！」

ついにバーモンドが切れた。俺にはまったく命中せず、自分の顔だけが泥だらけになるんだから、それは我慢できないだろう。

「俺らだってわけわかんねぇよ！　なんでテメェに泥団子が当たらねぇんだ！」

逆ギレするデック。

「さぁ？　そっちの腕が悪いのでは？」

白々しくそう返すと、デックの顔がみるみるうちに赤くなっていった。

「お前！　魔力もない落ちこぼれのくせに生意気なんだよ！」

そして、腰の木刀をデックが抜く。

おいおい、本気か？　泥団子ならともかく、それはちょっと冗談にならないぞ。

「……今なら些細《ささい》ないたずらで済むけど、流石に木刀を出したら君もまずいんじゃない？」

「はんっ！　なんだ、ビビってるのかよ？」

いやいや、これでも俺は親切心で言ってるつもりなんだがな。

「どう捉《とら》えてくれてもいいけど、これでも僕は一応貴族だよ。木刀で殴って怪我をさせたら、言い訳が立たなくなるのをわかってる？」

「むぐぅ……」

デックが声をつまらせ、助けを乞《こ》うように、ハンカチで顔を拭《ぬぐ》っていたバーモンドを見た。

その視線に気づき、バーモンドは慌てて表情を取り繕って言う。

「くそ、泥がこんなに……ふ、ふん、なるほど、家の威光《いこう》を振りかざしてこの場を逃《のが》れようって手ですか。だけど残念でした！　僕はロイス様から許可をもらっているんです。もし今後、町でジンに会うことがあったら、好きに痛めつけて構わないってね！　仮にお前が屋敷で騒いでも、ロイス様がなんとかするって約束してくれたんですよ！」

え～……こいつ、本気か？　兄貴の差し金だったってのは特に驚くことじゃないけど、そんな言葉を鵜呑《うの》みにするかね？

大体、兄貴に問題をもみ消すほどの権限があるわけないだろう。あいつ、まだ六歳だぞ。こんなことがバレたら、面倒なことになるのは兄貴の方だと思うんだけど。

「へ、へへ、流石は狡賢《ずるがしこ》い……いや、抜け目のないラポムだ。というわけだから、諦めろ。お前をギッタンギッタンに痛めつけても、助けてくれる奴はいないぜ！」

しかし、デックはバーモンドの言葉を疑っていないようで、もうやる気まんまんだ。面倒だな、本当。

「はぁ、本当に考え直す気はないのかな？」

「うるせぇ、死ね！」

デックが木刀で殴りかかってきた。殺したら洒落《しゃれ》にならないだろうに。

ま、こんな力任せの攻撃、当たるわけないいんだけど。

躱し方は何通りもあったが……とりあえず、右足を引き上半身を逸らす。

ビュンッと風を切る音がして、木刀が地面に叩きつけられた。そこそこいい音をさせるじゃないか。基礎を固めれば、それなりに剣を扱えるようになるかもな。

もっとも、それは今後の話。今は目を瞑《つむ》っていても余裕で避けられる。

「こ、このチョロチョロと！」

デックは続いて、木刀を振り上げてきた。ちょっと大振りすぎるな。こちらは一歩下がって回避。

木刀が空を切り、勢い余ってデックの足が縺《もつ》れた。体の大きさに対し、下半身の筋力が追いついていない証拠だ。

「くそっ！　オラ！　オラ！　オラ！」

それからもデックは、何度も何度も力任せに木刀を振り回してくる。まるで出来の悪い風車《かざぐるま》を見ているようだ。

だけど、そんなことを繰り返していたら体力が持つわけがない。大体、攻撃っていうのは、空振りの方が体力を消耗する。

「はぁ、はぁ、ち、くしょう……」

デックはとうとう肩で息をして膝に左手をつき、木刀を持ったまま右手で顎の汗を拭った。なんとも隙だらけなことである。俺は何もする気はないけど、もし戦場でそんなことしたら死ぬぜ？

「お、おい！　お前ら、ボーッと見てないで援護しろ！　なんのために武器を持ってるんだ！」

「あ、そ、そうだった！　え～と、土は我が子なり、脈々《みゃくみゃく》たる地脈の鳴動《めいどう》──」

杖を持っている奴が魔法を唱える。しかし、相変わらず長々とした詠唱だな。

「い、いやぁああ！」

そして、締《し》まりのない声で、もう一人の小ぶりな木刀持ちが後ろから狙ってきた。正面からはデックが突きを繰り出してくる。

挟《はさ》み撃ちか。多少は考えたようだが、もう一人はデックよりさらに弱いのであんまり意味がない。

ギリギリまで引きつけてひょいっと躱したら、少年にデックの突きが当たって転んでしまった。

「あ！　お、おい、大丈夫かよ！」

「う、うわぁあああぁあん！」

おいおい、泣きだしたぞ、マジかよ。でも、年を考えたらそんなものなのか……

「な、なんなんだお前！　なんでそんなに……」

強いんだ、とデックは言いたいのかな？　うーん、なんと答えたものか……

「僕は、魔法に関しては才能がないからね。だからその代わり、剣術を教えてもらっているんだ」

これは嘘ではない。俺は最近、執事のスワローに剣の稽古《けいこ》をつけてもらっている。

魔法が使えないからって何もしないわけにはいかないからな。今の俺の年齢に合わせた内容だから物足りないものの、俺の知っている剣術とは異なる動き方を学べるから勉強になる。

「く、くそ！　仲間の仇《かたき》だ！」

デックがそう叫び、再び突撃してきた。いや、お前がやったんだぞ、それ。

しかし、こいつも懲《こ》りないな、と思っていた時。

「す、ストーンバレット！」

斜め後ろからそんな声が聞こえた。ようやく杖持ちの魔法が完成したらしい。

ちらっと見ると、石礫が飛んできている。大きさは小石程度。あれだけ時間をかけてこれか……

さて、デックは俺の斜め前から突っ込んできていて、俺を挟んでその対角線上から石礫が飛んできている状況。偶然にも、またもや挟み撃ちが成立していた。

とりあえず横に一歩動いて石礫を避ける。

そこで気がついた。この方向で俺に当たらなかった場合は——

「ブボッ！」

「あーーーー！」

そうだよな、デックに当たるよな。しかも、もろに顔面だ。

デックはもんどり打って地面に倒れてしまった。

「そ、そんな、大丈夫⁉」

杖持ちの少年が駆け寄り、泣いていたもう一人も泣きやんでデックに近づいた。バーモンドは何がなんだかわからないって顔だ。

デックは倒れたままピクリともしないが、息はしている。

目を回して気絶しただけだな。問題なさそうだし、俺はこのまま退散させてもらおう。

まったく、面倒な連中だったな——


門に向かって歩いていると、よく知る声が聞こえてくる。

「坊ちゃま！」

声のした方を向くと、案の定、執事のスワローが駆け寄ってきていた。

でも、なんでこの町にスワローが？

「あれ？　どうしたの？」

「どうしたの、ではありません！　奥様が心配なさっていますよ」

「え？　で、でもほら、ちゃんと言われたものは買えたし」

嫌な予感がしつつ、俺は買い物袋を見せた。

だけど、スワローは首を横に振った。

「そのことではありません。坊ちゃまは私に、旦那様から獣避けを持たされたから大丈夫と仰《おっしゃ》いましたね？　しかし旦那様にお尋ねしたところ、そんなものは渡していないとのことでした。これはどういうことでしょうか？」

あちゃ〜、そっちがバレちゃったか。咄嗟《とっさ》についた嘘だったし、隠し通せるわけもなかったか。

スワローの顔は険《けわ》しい。凛々しい美人タイプの顔だから、怒ると迫力があるんだよね。

「……ごめんなさい。僕、一人でもお使いくらいできるってところを見てもらいたくて。兄さんと違って魔力もないし、何もできないと思われるのが嫌で、みんなの役に立てたらなって思ったんだ……」

俺がそう言って俯《うつむ》くと、スワローの表情が気遣《きづか》わしげなものに変わった。我ながらズルい言い方だったな、と思う。

「……そうでしたか。ですが、誰も坊ちゃまのことを何もできないだなんて思っておりませんよ。本来は使用人に任せるべきこともよく手伝ってくださり、大変助かっております。確かに魔力がロイス坊ちゃまより少ないのは事実ですが、世の中魔力が全てではありません」

「……うん、ありがとうスワロー」

「はい。このスワロー、坊ちゃまのお気持ちはよくわかりました。ですが、一人でお使いはやはり感心できません。坊ちゃまはまだ五歳なのですから。それに外の危険は獣だけではありません。盗賊が出ることだってあるのですよ？」

「と、盗賊？」

ギクリとしてしまった。別の意味で。

スワローは頷いて言葉を続ける。

「はい、現に先ほど門番の方から聞いたお話によると、この町に来た商人が盗賊に襲われたそうです。数も多く、護衛も怪我を負わされたのだとか。何者かの助けによって難を逃れたらしいですが」

「へ、へぇ～、そうなんだ～」

「結果として盗賊は捕らえられましたが、その盗賊と坊ちゃまが鉢合《はちあ》わせした可能性だってありえたのです。もしそうなっていたら、どんな目に遭《あ》っていたか……」

心配そうな顔になるスワロー。

うん、でもごめん。その盗賊倒したの、俺です。鉢合わせどころか、自分から助けに行ってしまったわけです。

「とにかく、そういった危険も外ではゴロゴロあるのですから、今後はやんちゃな真似はお控えください」

「わ、わかったよ。心配してくれてありがとう」

「はい、わかってくださったのならいいのです。ただ、一応は罰として……そうですね、次の稽古は量を倍にしましょうか」

「うへぇ～それはキツイな～」

自分なりに子どもっぽく返すと、スワローが優しく微笑《ほほえ》んだ。実際は倍どころか、三倍でも四倍でもどんと来いなんだけどね。

「それでは戻りましょう。門の前に馬車を待たせていますので」

俺はスワローに手を引かれて、馬車まで向かう。その手は女性らしくて柔らかい。そして、ちょっと気恥ずかしい。

門の前に着くと、おしゃべりな方の門番がこちらを見て安心した表情を浮かべる。心配してくれていたようだ。無口な方の門番も視線だけは向けてきていた。

「あぁよかった。無事に見つかったのですね」

「はい、ご心配おかけいたしました……坊ちゃま、盗賊の件もありますから、今後は勝手にお出かけになることはどうぞお控えください」

「う、うん。気をつけるよ。でも、盗賊は捕まったんだよね？」

俺が聞くと、スワローではなくおしゃべりな門番が答える。

「ええ、まぁ。ただ、盗賊を叩きのめしたという人物も、妙な格好をしていたようですからね。一応注意しておいてください」

「妙な格好？」

その言葉に、スワローが反応した。俺からしたら嫌な予感しかしない。

門番は「はい」と相槌《あいづち》を打ち、説明し始める。

「なんでも、妙な布で顔を覆《おお》っている小柄な男だったそうで。助けてくれたのだから悪人ではない、と商人は言ってましたが、何かの策ってこともありますからね」

妙な布って……ただの頭巾だよ。確かにこの世界では一般的じゃないみたいだから、不審に思われても仕方ないのかもだけど。

ともかく、この門番は商人たちから色々と聞いたらしい。もうちょっと情報収集してみるか。

「その、ずき……いや、妙な被り物をした人は他に何か言っていたの？」

「う～ん、持っていた獣の皮や肉を買い取ってほしいと頼んできたくらいで、あとは名前も告げず去ったようですね」

門番は頭を擦《さす》りながらそう答えた。

スワローが形のいい顎に指を添えて口を開く。

「それなら、とりあえず悪人の可能性は低そうですね。盗賊同士の縄張り争いとも考えられなくはないですが、だとしたら積荷に何もしないのは不自然です。商人に恩を着せる目的だったとしても、顔も見せず名前も明かさないのは妙ですから」

まぁ、正体は俺だから悪人も何もないんだけど。

「なるほど、確かに。ですがやはり、顔を見せなかったという事実は気になります。一応周辺の警備は増やすようにしますよ」

門番はスワローの考えに同意しつつ、警戒を強める姿勢を示した。

もう一人の門番もその言葉に大きく頷く。相変わらずまったくしゃべらないな。

やっぱり目立ったことをすると怪しまれるよね……今後は気をつけないと。

その後、門番たちに別れを告げ、馬車に乗って屋敷に向かう。街道は舗装《ほそう》されているとはいえ、馬車は揺れる。長く乗っていると腰が痛くなるので、あまり好きではない。

「ところで坊ちゃま、町はいかがでしたか？　楽しめましたか？」

途中、スワローからそんな質問をされた。

う〜ん……どちらかというと、町に下りるまでの方が解放感があって楽しかったな。町ではそこまで印象に残ったことはない。あるとすれば、せいぜい悪ガキからいたずらをされたくらいか。返り討ちにしたけど。

「うん、色々な店や人を見られて面白かったよ」

しかし流石になんの感想もないというのは不自然だろうから、無難な返事をしておいた。

「それはよかったですね」

スワローがニコリと微笑む。

う～む、馬車で改めて向き合うと、やはり美人。馬車の揺れによって、大きな双丘《そうきゅう》が上下に揺れ動くのが、執事服の上からでもよくわかる。いったい何が詰まっているのやら……

「……その、これはあくまで今後の参考にしていただければという話ではありますが、あまり女性の胸をマジマジと見ない方がよろしいかと。私は気にしませんが、失礼に当たりますので」

ハッ！　しまった！　そんなに見ていたのか、俺！

「ち、ちが、その、いや違わないんだが――」

「ふふ……」

「へ？」

少し動揺してしまった俺を見てスワローが微笑んだ。

「失礼しました。坊ちゃまはしっかりされていて、あたふたする様子をあまり見たことがなかったので、つい。そういった一面を見られて、少し嬉しいです」

普段の俺は子どもっぽくないということか。実際、中身は子どもじゃないからなぁ。むしろ、そう見られるのは複雑な心境だ。

「ところで、町にはバーモンド家のご子息も暮らしているのですが、お会いになりましたか？」

と、スワローが話題を変えた。

俺は内心ギクリとしつつ、とぼけて答える。

「へ？　ど、どうだろうね。僕は気づかなかったけど」

「そうでしたか。お知り合いですし、町で会ったら色々案内してくれるかもしれませんよ」

いや、それは絶対ありえないな……どうやらあいつは俺を下に見ているようだし。

「……まぁ、機会があればね」

ただ、正直にそんなことは言えないので、適当にはぐらかす。

話題を変えるべく、俺はふと思いついたことをスワローに聞いてみる。

「そういえば、町で杖を持って魔法を使用している人を見たけど、どうしてかな？　兄さんは持っていないよね」

「流石、ジン坊ちゃまは勉強熱心ですね」

スワローは優しい目で褒《ほ》めてくれつつ、答えてくれた。

「杖は魔法の威力を上げるために役立つもので、魔法士にとって必需品《ひつじゅひん》です。素材や作製する職人の腕によって効果の程度は変わりますが、基本的には杖を持って魔法を使った方が威力は上がります」

なるほどね。杖にはそういった効果があるのか。

……つまり、俺が相手した盗賊の魔法士は、杖を使ってもあの程度だったってことか。バーモンドの取り巻きにも杖を持っているのがいたが、あっちはまぁ、子どもだし。

「ちなみに、杖と同じような効果を持つ指輪や腕輪も存在しますね。これらを作製する者を魔道具士と呼びます」

「う～ん、でもそれなら兄さんも持った方がいいんじゃないの？」

「杖や指輪を小さい頃から使いすぎると、魔力が伸びにくくなると言われているのです。そのため、魔法を重んじるエイガ家では、子どものうちは杖や指輪を与えない方針を取っています。魔力は大人になってからでも瞑想《めいそう》などの訓練を積めば多少は上がりますが、生まれてから十五歳くらいまでに訓練するのが一番伸びますからね」

なるほどね。裏を返せば、普通の子どもなんかは、魔法を発動しやすくなる杖に頼ってしまうということか。バーモンドの取り巻きの一人が杖を使っている理由がわかった。しかしスワローは博識だな。


俺はその後もスワローとたわいない話をし、やがて馬車が屋敷に到着した。

馬車を降りたら、屋敷の門の前に立っていた母上のエリー・エイガが駆け寄ってくる。

「ジン！　あぁよかった、無事だったのね――」

「お、大げさですよ、母様……」

ぎゅぎゅっと抱きしめられた。胸に顔が埋《う》もれて少々苦しい。

母上は俺を十六歳で生んでいるため、かなり若い。まぁそれくらいの年で子どもを生むのは日ノ本でも珍しくはなかったけど……

前世の俺は母親を知らなかったので、こういうことされるとなんとも気恥ずかしくなる。

「もう！　ジンったら、無茶しすぎですよ！　護衛もつけずに町に下りるなんて！　もし貴方に何かあったら……」

しばらく抱きしめられたあと、ようやく解放されたと思ったら真剣な顔で怒られた。ちょっと涙目だし、申し訳ないことをしたと思う。

「奥様、今回は私もしっかりと確認しなかったのが悪かったのです。それに、坊ちゃまは心が優しすぎるため、家のために役立ちたいという思いが少しだけ暴走したんですよ」

スワローが俺を庇《かば》ってくれた。ありがたいと思う一方、実際は自分自身のためだったわけで、少々心苦しい。

母上は表情を和《やわ》らげ、俺の頭を撫でながら優しく語りかけてくる。

「そうだったのね。でも、だからってこんな無茶はもうやめて、本当に心配したのだから。それに貴方は十分役に立っているではありませんか」

俺のことを心配し、気遣ってくれているのがわかる。

前世では味わえなかったことだ。これが母の愛情というものなのだろうか。

「母様、差し出がましいようですが、少々弟に甘すぎるのではありませんか？」

その時、母上の背中越しに、兄貴の自信に溢れた声が聞こえてきた。自分の方が上だと信じて疑っていない、なんとも鼻につく声だ。

母上は振り返り、兄貴に向かって驚いたように言う。

「ロイス、それはいったいどういう意味で言っているの？」

「言葉通りですよ。ジンはエイガ家始まって以来の落ちこぼれ。魔力がゼロの無能ではありませんか」

「貴方、血の繋がった弟に向かってなんてことを言うのですか！　謝りなさい！」

「母様。そうカリカリしないでください。私はジンが自分の立場を理解できるよう、あえてはっきりと申し上げているのです」

兄貴は一旦言葉を切り、腰に手を当て、ふふんっと得意げに鼻を鳴らして言葉を続ける。

「それに、私は何も弟を馬鹿にしているわけじゃない。むしろ評価しているのです。身のほどを知り、いずれこの家を追い出された時のために平民としての生き方を学んでいる。おお！　なんといじらしいことか！　よくやった。褒めて遣わそう」

兄貴の目には、軽蔑《けいべつ》の色が浮かんでいた。

前世でも、似たような視線を受けたことを思い出す。そういえば、忍をよく思わない大名や武家の連中も多かったな。

鼠みたいにこそこそ嗅ぎ回るしか能のない薄汚い連中、なんて侮蔑《ぶべつ》の言葉を浴びせられることもあった。

そんな奴らに限って、いざ自分の命が狙われると必死に命乞いするんだよな。無様《ぶざま》なこと、この上なかった。そんな連中に比べれば、兄貴は比較的マシと言える。

母上が悲しそうな顔で兄貴に言う。

「ロイス、貴方は本当にそれでジンを褒めているつもりなのですか？」

「何か気に障りましたか、母様？」

「当たり前です。血の繋がった兄にそこまで言われて、この子がどれほど傷ついているか……」

あ、いや。実のところ、これっぽっちも傷ついてないのですよ、母上。

「母様、この程度でくじけていては、ジンはとてもこの先やっていけませんよ。弟は何せ魔力がないのですから。こういうことは早い段階で理解させておかないと」

「……ロイス坊ちゃま。お言葉ですが、ジン坊ちゃまは魔力を測定できなかったというだけで、魔力がないわけではありません」

兄貴に言われるがままだった俺を見かねたのか、スワローがフォローしてくれた。

生まれた時から俺の魔力はゼロだった。その後も何度か測定したが、結果は変わらない。

ただ、測定器の性能にも限界があり、数値上ではゼロと表示されても、実際は多少の魔力がある可能性もあった。

というか、この世界における魔力は血液みたいなものだと考えられているため、本当にゼロだったら生きられないとされているのである。俺が生きていることこそ、ごくわずかながらも魔力がある証拠、とスワローは言うわけだ。

「ふん、差し出がましい奴だ。大体、測定できないほど低い魔力なら、どちらにせよ魔法士としての将来は絶望的ではないか」

魔法士――魔法をある一定以上の実力で使える者を、この世界ではこう呼ぶ。

ちなみに魔法士は魔法使いの称号の中の一つ。魔法士の上には、魔道士や魔導士なんてものもあるらしい。

「……私が申し上げたいのは、ジン坊ちゃまの魔力が、今後も伸びないとは言い切れないということです」

「何？　それじゃあお前は、魔力なしの愚弟が、いずれ我が家にふさわしい魔法士になるとでも言いたいのか？」

「……可能性はゼロではないかと。現に、ロイス坊ちゃまの魔力も成長と共に伸びているではありませんか」

頭を下げつつも自分の意見を曲げないスワローに、ふんっと兄貴が鼻を鳴らした。

「そんなのは、ただの絵空事だ。こんな愚弟の魔力など、成長してもたかが知れているというもの。不躾《ぶしつけ》すぎるぞ、スワロー！」

「……ですが、坊ちゃまの魔力が少しでも上がれば、魔法士とは言わずとも魔法剣士のように魔法と剣術を組み合わせた戦い方もできるかもしれません。それに、ジン坊ちゃまの魔力が現在低いのは事実ですが、剣の筋はいいと私は考えております。それならば……」

「それならば、なんだ？　エイガ家は多くの魔法士や魔道士を輩出してきた由緒ある家系。騎士などという、筋肉でしかものを語れない馬鹿共とは違うのだ。万が一、愚弟が騎士になれる素質があったとしても、なんの意味もない！」

「……私はかつて、騎士でした。魔法のセンスはよかったとは言えませんが、今ここに仕えさせていただいております」

「だから剣術を鍛えるのは無意味ではない、と？　ふん、戯言《ざれごと》を！　大体、その大きなおっぱいに魔力を吸われたから、魔法のセンスがないのではないか？」

「ロイス！　貴方は長年尽くしてくれているスワローにまでなんてことを！」

母上から咎《とが》められ、兄貴はしまったという顔を見せた。こいつは調子に乗りやすいところがあるな。

と、その時。一人の人物が屋敷の玄関から出てこちらに近づいてきた。

「これはいったい、なんの騒ぎだ？」

「お、お父様！」

「貴方――」

今世の父上、サザン・エイガである。

父上は兄貴とスワローの二人に目を向けたあと、ゆっくりと視線を俺に移動させる。

「……無事だったのだな」

「はい。ご心配おかけしました」

その目から読み取れる感情は無関心。俺が生きていようが死んでいようが、どうでもいいといったものだ。

「それで、お前たちは何故揉《も》めている？」

「貴方、ロイスが――」

母上は、今のスワローと兄貴のやり取りを父上に説明する。その際、兄貴の表情には焦《あせ》りが見えていた。

「――そういうわけですから、貴方からもロイスになんとか言ってやってください」

母上が説明し終えると、父上は無表情で母上に尋ねる。

「……いったい何を言えというのだ？」

「ですから、ロイスがジンとスワローに取った失礼な態度について――」

「確かに、スワローへの発言については反省する必要があるな。ロイス、謝りなさい」

「ぐ、も、申し訳なかった、スワロー」

「スワロー、息子もこの通り反省している。許してやってはもらえないか？」

「いえ、私の方こそ出すぎた真似を――」

兄貴の謝罪に、逆に申し訳なさそうにスワローが頭を下げた。

「謝罪は済んだ。お前もこれでいいな？」

「待ってください。ジンの件がまだ……」

「確かに、言い方は厳しいかもしれないが、ロイスの言ったことは事実だろう」

母上は父上に、俺の件で兄貴を叱ってほしかったらしいが、父上の考えは兄貴寄りなようだ。

「そ、そうでしょう、そうでしょう！　母様は少々弟に甘すぎるのです」

我が意を得たり、と声を上げ、こちらにドヤ顔をしてくる兄貴。うむ、腹の立つ顔だ。

「そこで、私から父様にご提案があります！」

「……なんだ？」

「はい、弟のジンには今後も一人で町に下りてもらい、買い物や雑用などをやらせるのです。平民としての暮らしに慣れさせ、来たる日に備えてもらわなければ。兄としては弟の行く末が心配ですからね」

兄貴は最後に、取ってつけたように心配するフリをした。実際は俺をいじめるのが目的だろう。だけど、これは俺にとって好都合だ。たまには役に立つな、こいつも。

「……ロイスはこう言っているが、スワロー、お前の意見はどうだ？　魔法のセンスはまったくないが、ジンは剣ではなんとかなりそうか？」

「……旦那様、魔法のセンスに関して決めつけるのは流石に早計かと……ジン坊ちゃまには剣術の才能が感じられます。ただし、坊ちゃまはまだ五歳。一人で街に行くのは自殺行為でしかありません」

「ふむ、しかし今回は無事だったが？」

「それは運がよかっただけでございます」

「……そうか、わかった。まず、ロイスの言っていることにも一理ある。今後を考えるなら、今のうちから町に下りて庶民の生活を知るのは大事なことだ。本人も望んでいるのであれば、その気持ちは汲《く》み取るとしよう。今後も積極的に仕事を与えるように。ただし、スワローが一人で大丈夫だと思えるまでは、ジンには護衛をつける。異論はないな？」

「……は、承知しました。このスワロー、尽力《じんりょく》いたします」

結局、そういうことで話がまとまった。

せっかくのチャンスだったが、俺は当分、一人で町に下りられなくなってしまった。

かなり残念だけど、わがままを言ってスワローに迷惑をかけるわけにはいかない。仕方ない、しばらく忍法や忍術の修業は密《ひそ》かにやることにして、今は剣術に励《はげ》むか――

第二章　転生忍者、七歳編

今年で俺は七歳になった。この二年間は結局、一人で町に行くことはなかったな。

スワローの剣術の指導は、二年前よりレベルが上がっていた。

スワローの指導する剣術は、前世の西洋剣術に近い。忍たる者、他国についてもよく知っておくべきだと里長《さとおさ》に言われ勉強もしたし、日ノ本にやってきた西洋騎士と手合わせしたことだってある。

だから、西洋剣術についてはわりと理解している。

魔法がある分、こちらの剣術の方が、戦術が幅広い印象だ。

俺はスワローからの指導中、あえて忍術には頼らなかった。そうすることで、肉体作りをしようと考えたからだ。

そのかいあって、俺の基礎体力は向上。段々、心と体の調和が取れてきている。

ここで言う心とは、魂を意味する。

俺は転生した影響で強い魂を持って生まれたため、その分チャクラの量が多い。だが、最終的に魂から生み出されるチャクラを制御するのは肉体だ。

心と体――一流の忍者であれば、どちらもおろそかにすることはない。

さて、俺は今日もまた訓練場で、模擬戦用の剣を片手に剣術の訓練をしていた。

模擬戦用の剣とは、要するに木刀だ。別に俺は鉄製の剣で訓練してもいいんだけどね。もし模擬戦でスワローの攻撃が当たっても、その瞬間に全身をチャクラで硬化してダメージを最小限にできるし。

「うん、やはりジン坊ちゃまは剣の筋がいいですね。この調子なら、たとえ魔法士になれなかったとしても、騎士として十分やっていけるでしょう」

木偶《でく》人形相手に木刀を振るっていると、スワローが俺をそう評してきた。

褒めてもらえるのは嬉しいが、騎士になる気はあんまりないな。

「それなら、もう一人で町に行ってもいい？」

軽い気持ちでそう尋ねてみる。町へお使いには何度も行っているが、護衛がついてくるのにはいい加減辟易《へきえき》していたところだ。

「……いえ、坊ちゃまはまだ七歳なのですから、流石にそれは無茶です。筋がいいと言っても、あくまでそれは同年代と比べたら、というだけの話。実戦で通用するものではありません」

スワローの意見は相変わらず。

うーん、これは丁度いい機会かもしれないな。二年も訓練する姿を見せたんだ。少しくらい本気で動いても怪しまれないだろう。

「……それなら、試してみない？」

「試す、とは？」

俺の言葉に、スワローの眉がピクリと動いた。そして、俺が次に何を言いだすのかを待っている。

「今から模擬戦をしようよ。それで僕がスワローから一本取ることができたら、一人で外に出ることを認めてほしいんだ」

「……私から、一本ですか？」

「そう。スワローほどの腕を持つ人から一本取れたら、一人で町に行ける十分な力があると言えるんじゃない？」

「……それは少々私を買い被りすぎかと思われますが――いいでしょう。ただし、その条件を呑む以上、私も手加減はできませんよ。下手をすれば、怪我をさせてしまうやもしれません」

スワローが真剣な目で言った。生半可《なまはんか》な気持ちでそんなことを言うものではない、と暗に諭《さと》されているようでもある。

だけど、俺は当然彼女を舐めているわけじゃない。

「わかっている。それに、これで怪我をしたとしても文句は言わないよ」

「……承知しました。では、準備しますので、少々お待ちを」

一旦スワローが訓練場をあとにし、少しして戻ってきた。

「先ほどはああ言いましたが、念のためにこれをおつけください」

そう言って、俺に腕輪を一つ手渡してくる。これを嵌めろ、ということなんだろうけど。

「これは？」

「ある程度のダメージを軽減してくれる、魔法の腕輪でございます。物理的な攻撃にならら、かなり高い効果を発揮してくれます」

なるほど。逆に言えば、魔法や魔力がこもった攻撃だと効果は期待できないというわけか。

別に必要のない代物《しろもの》だが、嵌めなければスワローは納得してくれなさそうだ。

「スワローはつけなくていいの？」

腕に嵌めながら彼女に問う。

「ふふっ、私のことはどうかお気になさらず」

微笑を浮かべつつ答えてくれた。

スワローからしてみれば、俺はまだまだ子ども。一本取られるとは夢にも思っていないのだろう。

「それでは、始めましょうか」

「はい、よろしくお願いします」

丁寧に礼をしたあと、お互い正面で向き合い、木刀を構える。

スワローは俺に剣術を指導する際、両手でしっかり剣を握るよう教えてくれたが、今の彼女は剣を右手だけで持って剣先をこちらに向けている。左手は背中に隠し、後ろ足を引いて半身の姿勢だ。

「僕に教えてくれた型とは違うね」

「はい。当然、構えにも様々なものがあります。坊ちゃまには基本姿勢だけを教えました。片手持ちの構えで実戦レベルの威力を出すには、それなりの筋力と体格が必要ですからね」

確かにそれは、スワローの言う通り。

「さぁ、いつでもどうぞ」

「なら、行くよ！」

まずはスワローから教わった基本の型で挑む。

正面から斬りかかるが、片手であっさりといなされた。

それから上段斬り、下段斬り、薙《な》ぎ払い、突きと攻撃を繰り出していくも、全て軽く避けられるか、剣で軌道を逸らされてしまう。

「確かに坊ちゃまの腕は大したものです。ですが、これではまだまだ、ですね！」

俺の袈裟《けさ》斬りを、スワローが下から木刀を振り上げる形で弾《はじ》いた。

俺の腕が跳ね上がり、持っていた木刀がスワローの背中側に高く飛んでいく。

スワローは流れるように腕を切り返し、上段から木刀を振り下ろす。

攻防一体の素晴らしい動きだ。普通の人間では、間違いなくこれは避けられない。

だけど、今の相手は俺。残念ながらその剣筋は素直すぎる。

俺はわざと「ひゃっ！」と声を上げ、木刀を受ける前に自ら尻もちをついた。

スワローの木刀が空振ったが、同時に彼女はこれで勝ちを確信したはずだ。

だから、その気の緩みをつく。

バランスを崩したと思わせ、俺は両手で思い切り地面を押して前方に跳んだ。

「なっ!?」

スワローが驚きの声を上げる。完全に虚《きょ》をつかれたらしい。

跳んだ勢いでスワローの股を抜け、上方を見上げると、先ほど彼女に弾《はじ》き飛ばされた木刀が見えた。実はこの場所に落ちてくるように、上手く飛ばされる方向を調整しておいたのだ。

俺は跳躍して、空中で木刀を右手で掴《つか》み、体を捻って彼女の後頭部へ振り下ろす。

しかし、スワローは木刀で後頭部を守っていた。

気配で俺の動きを読み、防御したか。このまま振り下ろしてもガードされ切ってしまう。

だけど、スワローがそうするのもわかっていた。

俺はそのまま落下してスワローの背中に組み付き、木刀を彼女の首に当てる。

「これで一本になるかな?」

「な、なんと――」

本物の剣を使っていた場合、あとは首を掻っ切るだけで殺せる。

ふっ、とスワローの体から力が抜ける。

「……やられました、お見事です。まさに一本取られましたね」

「はは、僕も上手くいくとは思わなかったよ」

よし、スワローも認めてくれ――

「ところで坊ちゃま、その、そろそろ胸から手を離してもらえると……」

「え？」

ふと、俺は左手に柔らかい感触があることに気がついた。

「うわっ！　ご、ごめん！」

「い、いえ、戦いの中でのことですから」

顔が熱くなるのを感じながら、慌てて背中から離れて着地する。

くっ、俺としたことが。で、でもスワローの言う通り、戦闘時のことだから仕方ないのだ！　そうなのだ！

「ですが、今の動きは本当にお見事でした」

「あはは……でも、無我夢中だったから」

あくまで、たまたま上手くいった体《てい》を装う。

でも、スワローがパンツスタイルの執事服を着ていてよかった。スカートを穿いていたら、ちょっとためらうもの、股抜き。

「これで、町に一人で行くのを許してもらえるかな？」

「……ふぅ、仕方ありませんね。確かに、あそこまで動けるなら道中で何者かに襲われても大丈夫だと思います。ですが準備もございますので、すぐというわけにはいきません。二、三日は待ってくださいね」

準備とは、主に父上や母上への説明のことかな。父上はともかく、母上は心配するかもだし。それと、一人で行かせてくれるという約束も、丸っきり信じるわけにはいかない。こっそり見張りくらいはつけてくるだろう。

「わかった、それくらいは待つよ」

「ありがとうございます。ところで、先ほどの動きは、本当に偶然ですか？」

「え？　はは、そうだって。無我夢中だったたって今言ったばかりじゃないか」

「……そうですか。とにかく、素晴らしい動きでしたよ」

スワローはニコリと微笑んで、そう褒めてくれた。

よしよし、これでやっと、ある程度は自由になれるかも。ちょっとワクワクしてきたぞ。

◇◆◇

数日後、訓練場にて。

俺は今、兄貴に連れられてこの場にいる。

「聞いたぞ愚弟。お前、今度一人で町に下りるんだって？」

「……流石に耳が早いな、兄さんは」

「フンッ！」

俺が歳を取ったということは、当然こいつも歳を重ねたってことだ。兄貴は八歳になり、背が伸びて顔も段々シュッとしてきた。

兄貴は見下すような表情で俺を見ながら言う。

「なら、町に下りる前に私が訓練をつけてやろう。貴様はずっと私の魔法を怖がり逃げ回っていたが、魔法に対処できなければ命を落としかねないのだからな」

この二年で、兄貴の口調は大分貴族っぽくなっていた。そのおかげで、小生意気さも増している。それと、兄貴は勘違いしているようだが、別に俺は魔法を怖がっても逃げてもいない。スワローが気を利かせて、兄貴が俺に突っかかってくる度に、様々な理由をつけて追い返してくれていたのだ。おかげで煩《わずら》わしい思いをせずに済んでいたので、スワローには感謝してもし切れない。

ただ今回は、スワローが俺を一人で町に行かせる準備をしていて手が空かないところに、運悪く絡まれてしまったのである。あーあ。

兄貴は尊大な態度で言葉を続ける。

「これは戦闘訓練だ。私は容赦《ようしゃ》なく魔法を使うが、可能なら反撃してきてもいいぞ？」

「反撃はともかく……魔法を避けてもいいの？」

「勿論、できるものならやってみるがいい」

おやおや、二年前は避けると怒られたが、兄貴にも随分と心の余裕が出たものだ。あるいは慢心と言っていいかもしれない。まぁ、別に避けるなと言われてもチャクラでガードできるから痛くも痒《かゆ》くもないが。

「さぁ行くぞ！　大気に宿りし赤熱《せきねつ》の力よ、我が魔力と結びつけ。灼熱《しゃくねつ》はその形を変え、全てを燃やし尽くす矢となり邪悪な愚者を射抜くことだろう――」

相変わらず長いな、詠唱が。というか邪悪な愚者っていうのは、そういう詠唱文であって、俺のことじゃないよな？　詠唱の一部はアレンジできるっていうのは知っているけど、もしかして俺に合わせて詠唱文を変えていたりするのだろうか？　なんとなく嫌われているのはわかっていたけど、そんな風に思われていたとしたら酷い話だ。

「――フレイムアロー！」

あ、やっと終わったか。

兄貴の手に、火でできた弓矢が出現した。

なかなか熱そうだ。持っている本人は平気みたいだが。

「ファイヤーボールは使わないんだね」

「ふん、あれから私の魔力はさらに強化され、以前よりも威力が増している。ファイヤーボールなどを使って死なれても困るからな」

うわ～やっさし～。兄貴の愛情の深さには、涙が出そうになるね。

兄貴の説明から推測するに、どうやらフレイムアローよりファイヤーボールの方が強い魔法であるらしい。二年前は小さな火の玉だったあれも、きっと今は屋敷を爆破できるくらいの物凄い威力になったのだろう。ソウニチガイナイナー。

兄貴は得意げに言葉を続ける。

「とはいえ、このフレイムアローだってそれなりに威力がある。急所は避けるつもりだが、私の腕を信頼しすぎるのもどうかと思うぞ？」

「うん、なら避けることにするよ」

笑顔で答えると、兄貴のこめかみがピクッと波打った。目つきも険しい。おかしいな、俺は兄貴に心配をかけないよう素直に答えたつもりなのに。

「行くぞ！」

そして兄貴はフレイムアローの弦《げん》を引きしぼり、俺に狙いを定めて火の矢を放った。

二年前に見たファイヤーボールよりは速度が出ている。普通に弓で射られた矢のようだ。つまりわりと速い。

といっても、この程度であれば避けるのは容易《たやす》い。

半身になって躱すと、矢は足元の地面に刺さり燃え尽きた。芝生《しばふ》が焦げて煙が上がっている。

これで終わりかと思ったが、火の弓は兄貴の手に残ったまま。どうやらあの魔法、一発放っただけでは終わりじゃないらしい。

込めた魔力の分だけ撃てるってところか？　いつでも弓矢を用意できるというのは利点かも。

ただ、やはり詠唱が長すぎる。実戦だったら唱えている間に普通に弓でやられそうだ。うん、そう考えるとやはり微妙か。

その後も兄貴は火の矢を撃ち続けるが、俺は全て避け切った。

「く、くそ！　なんで当たらないんだ！」

五発目を避けたところで、火の弓が兄貴の手から消えた。

うーん、周囲の芝生が焦げてしまっている。これは手入れが大変そうだ。使用人の困った顔が目に浮かぶ。

「ふ、ふん、だけどな、避けてばかりじゃ意味がないぞ！」

「戦闘するわけじゃないんだから、とりあえず逃げられる実力さえあれば事足りるのでは？」

「へ、屁理屈をこねるな！」

おっと、ついつい正論を言ってしまった……勿論、実際に獣や賊が出てきたら逃げるつもりはないし、普通に戦うけど。

「もう遠慮はしないぞ！　我が手に集え、炎の集束、朱虐の膨張、破壊の紅玉、偉大なる赤の女王は爆裂を好む……」

おいおい……確かそれって、さっき使わないって言っていたファイヤーボールの詠唱だよな。なんだ、結局使うんじゃないか。

舌の根の乾かぬうちにこれだからな。呆れてものも言えないよ。

「我に仇なす者に直撃せよ。炎の制裁、ファイヤーボール！」

突き出した兄貴の手から、火の玉が飛び出した。

へ～、以前より大きくなっているし、速度も増している。屋敷を爆破、とまではいかないが、火力も強い。確かに、兄貴はこの二年間で随分と成長したようだ。

でも避けるけどね。避けていいよと言われたし。

ひょいっと身を捻ったら、火の玉が体の横を通り過ぎた。

後ろでちょっとした破裂音が聞こえたので、振り返ると地面が少し抉れている。

凄い凄い、感覚的には二年前のファイヤーボールの三倍くらいの威力かな。それでも、ちょっと成長した見習い忍者が扱う忍法よりはまだ弱いけど。

「ま、また避けたな！　本当にお前は避けてばっかりだな！」

「え～と、そこまで言うならこっちから攻めるね」

「ふん、できるものならやってみろ！　我が手に集え、炎の集束」

「はい、これで兄さんの負け」

「……へ？」

兄貴との距離を詰めて首に手刀をそっと当てた。本当に殴ったら面倒そうだし。いくらなんでもここまでやれば負けを認めるだろう。

「な、いつの間に！　なんで！」

「スワローのおかげかな。それと兄さん、魔法士は詠唱がある分、一対一だと近接タイプの相手には不利だよ」

金魚みたいに口をパクパクさせる兄貴に、そう説明する。

ちなみに今の動きは、チャクラをまったく使っていない純粋な体術だ。当たり前だが、魔法に頼り切りな兄貴と、スワローにしごかれてきた俺とでは、身体能力に差がありすぎる。ま、兄貴は俺の訓練を見たことがないから、そんなことは知らなかっただろうけど。

さて、一応フォローだけは入れておくか。

「まあ、実際の戦場には詠唱を終えるまでの間、守ってくれる盾役がいるわけだから、今回は条件が悪かったというだけの話だね。兄さんが僕を心配してくれる気持ちは素直に嬉しかったよ」

俺はそう締めくくり、兄貴の様子を見る。俯いて肩がプルプルと震えているし、歯ぎしりの音が聞こえるし、あまりいい空気じゃないようだ。

「こ、これで勝ったと思うなよ！」

結局兄貴は、そんな捨て台詞《ぜりふ》を残して去っていってしまった。

はぁ、まったく面倒だよな。フォローしようとしてもなかなか上手くいかない。それどころか妙に裏目に出ている気もする。家族だっていうのに、兄貴との相性は最悪だな。

◇◆◇

「聞きましたよ。貴方、とうとう一人で町に下りてくるそうじゃないですか」

次の日、庭をブラブラしていたら、屋敷に出入りしている商人の息子、バーモンドに声をかけられた。キノコっぽい髪型は二年経った今でも健在。歯も相変わらずよく出ている。二年前に絡まれて以来、俺は護衛の人と一緒に町を訪れていたため、町で話すことは一度もなかった。

「ふふっ、また町で会えるのを心待ちにしていますよ」

歪《ゆが》んだ笑顔でそんなことを言い、バーモンドは俺から離れていった。兄貴に用があるとか言い残していったが、どうせ碌な話じゃないのだろう。

ま、相手はまだ子どもだ。いちいち本気で相手しても仕方ない。

◇◆◇

翌日、いよいよ俺に、一人で町に下りてもいいという正式な許可が出た。母上はかなり難色を示していたが、スワローが上手く説得してくれたようだ。

当然というべきか、町に出るにあたってそれなりの装備が用意された。厚手《あつで》の衣服に軽くて丈夫な鎖帷子《くさりかたびら》、それに俺の体に合うように長さが調整された剣だ。鎖帷子はともかく、得物は刀がいいけど贅沢《ぜいたく》は言えない。

屋敷を出てすぐに、母上が許可した理由はわかった。

ついてきているんだ、うちの私兵が二人。

まぁ、そんな気はしていた。一人で行かせると言いつつもお忍びの護衛つきってわけだ。

相手はバレていないと思っているようだけど、気配の消し方も身の隠し方も甘い。前世の基準で考えると、隠密《おんみつ》としては失格だ。

もっとも彼らは本来、家に仕える普通の兵士だ。斥候《せっこう》程度の経験はあるかもしれないが、俺たち忍のような本格的な訓練を受けているわけもない。

少し気の毒だけど、俺はドロンさせてもらうとするよ。

といってもあまり不自然な真似をしたら、不審がられるよね。

ちょっと考えたあと、とにかく俺はそこから走った。俺がスワローに鍛えられていたのは見張りたちも知っているだろうし、予想以上に俺が成長していたように見せかけることにしたのだ。

俺は森の中に逃げ込み、護衛たちを振り切った。

二人の護衛を振り切れるくらいなら、俺を一人にしても問題ないと判断してくれることを祈ろう。たとえスワローに報告されたとしても、一人で町へ下りることを許可されているわけだから、叱責されるいわれはない。

そんなわけで、俺は悠々と森を進み、忍法の訓練をしつつ町へ下りていった。

◇
◆
◇

【スワロー視点】


ジン坊ちゃまの成長には、目を見張るものがあります。坊ちゃまは確かに測定器では魔力が測れませんでしたが、それを補って余りあるほど身体能力に秀《ひい》でておりました。

一度私にちょっとした嘘をつき、一人で町へ下りた時からもしやと思っていましたが、ここ最近の成長ぶりを見て、それが確信に変わりました。

坊ちゃまは、少々不憫《ふびん》なお方です。私が仕えるエイガ家は代々魔力が豊富であり、何人もの優秀な魔法士や魔道士を輩出してきた家系。中には、大魔導士の称号を持つ方もいたほどです。

ゆえに、旦那様は魔力なしと測定された坊ちゃまを、どう扱っていいか悩んでいるようでした。

確かに、エイガ家の歴史において、坊ちゃまほど魔力が乏《とぼ》しい子が生まれたことなどないらしいので、そのお気持ちもわからなくはありません。

ですが、世の中は魔力が全てではないはず。だからこそ、旦那様にはもっと坊ちゃまに目を向けてほしいところではありました。

しかし、エイガ家にはジン坊ちゃまとは真逆に、魔力が豊富な子どもがいました。ジン坊ちゃまの兄である、ロイス坊ちゃまです。

ロイス坊ちゃまは、三歳にして基礎魔法を習得してしまうほどの天才児。魔法士として将来有望だと周囲から期待されている存在です。そのためか、旦那様もロイス坊ちゃまにばかり目がいってしまっている気がしてなりません。

唯一の救いは、奥様が子どもたちに平等に接していることです。ロイス坊ちゃまにもジン坊ちゃまにも、分け隔《へだ》てなく愛情を注いでいます。

ただ、ロイス坊ちゃまは自らの魔力の高さと魔法の才能を自覚し始めてから、弟であるジン坊ちゃまへの態度を変えていきました。ジン坊ちゃまを明らかに蔑視《べっし》するようになったのです。

今でこそ落ち着いてきましたが、二年ほど前には、ジン坊ちゃまを魔法の的にまでしていました。これを見た時は流石に止めようかと思ったのですが——ジン坊ちゃまはロイス坊ちゃまの魔法を受けてもまったく動じることなく、余裕の表情を見せておりました。それに驚き、ついつい注意するのを忘れてしまったほどです。そして、私は察しました。二人の間に存在する温度差を。

ロイス坊ちゃまはジン坊ちゃまを蔑視し、時には手荒な行動に出てしまうことがありました。ですが、ジン坊ちゃまはロイス坊ちゃまに対してどこか冷めていて、どんな嫌がらせを受けようがまったく意に介しません。むしろ、余裕さえ感じられるのです。その結果、嫌がらせをする側の方がむきになってどんどん熱くなるという、妙な構図が出来上がっておりました。

とはいえ、黙って見過ごすわけにもいかないので、ロイス坊ちゃまには私からもよく言って聞かせ、嫌がらせはほとんど見られなくなりました。ロイス坊ちゃまは面白くなさそうでしたが……

その後はジン坊ちゃまの剣術修業が始まり、それから二年の月日が流れ今に至るわけです。

坊ちゃまの剣の腕はメキメキと上がり、将来は立派な騎士になれると私は本気で思い始めておりました。私は騎士として王国に仕えていたこともあるため、特にそう思えてしまうのです。何せ彼の剣の腕は、同じ年だった頃の私などを遥かに凌駕《りょうが》しており、下手をすると騎士見習いだった頃の私の腕すら超えているかもしれません。

そしてそのことには、本人も自覚があったのでしょう。ある日、ジン坊ちゃまは一人で町に下りたいと言いだしたのです。

隠れてではなく、私の許可を得て、堂々と一人で出歩きたいということなのだと思います。しかし、いくら強くなられたといってもまだ七歳の子どもですから、それを許すわけにもいきません。

坊ちゃまは続けて、私と模擬戦をして一本取れたら単独での外出を許してほしいと言ってきました。

私は、ある意味いい機会だと思いました。ここで一度、上には上がいるということを教えておいた方が、坊ちゃまの今後のためになります。ロイス坊ちゃまはそのタイミングを逃してしまい、少々自惚《うぬぼ》れが強くなったのですから。

できればジン坊ちゃまにはそうなってほしくない……そう考えて、私はこの申し出を受けたのですが——思った以上に坊ちゃまの成長は凄まじかったのです。

私は、ジン坊ちゃまに一本取られてしまいました。しかも、坊ちゃまはまだ余裕があるようでした。その、私のむ、胸を掴んだ時は年頃の子どもみたいに慌てていましたが。

それはともかく。私のジン坊ちゃまへの心配は杞憂《きゆう》だったようです。

ジン坊ちゃまは昔からずっと、私をはじめとする使用人に対して分け隔てなく接しております。

それは、強くなった今でも変わりません。

つまり坊ちゃまは自惚れてなどいなかった。外に出たいという要求は、確かな自信の表れだったのです。

そう思い直した私はその後、旦那様と奥様に、ジン坊ちゃまの外出を認めてもらえるようお願いしました。

旦那様は特に異を唱えることなく、それならそれで構わないと仰いました。そのことには感謝しているのですが、関心の薄さの表れという気もします。

一方、奥様に関しては難儀《なんぎ》しました。七歳という年齢で、一人で行動させるなどとんでもないと、なかなか許可をいただけなかったのです。

最終的には、坊ちゃまには内緒で護衛として兵士を二人つけるという条件で、許可をいただきました。奥様はそれでも心配そうではありましたが。

そしていよいよ、坊ちゃまが正式に一人で町に下りる日となりました。家の手伝いということで、買い物をいくつか頼んでいます。ただ、本人が街を見て回りたいと仰るので、時間には余裕を持たせてあります。

使用人を見下すロイス坊ちゃまと違い、ジン坊ちゃまは使用人から好かれております。出発の前には、坊ちゃまを心配して多くの者が門まで見送りに出てきたほどです。

心配する声もありましたが、坊ちゃまは普段と同じ様子で屋敷を出ました。

予定通り、二人の兵士を護衛につけております。

しかし――

「何？　見失ったというのですか？」

「は、はい、も、申し訳ありません……」

「その、ジン様の足が非常に速くて――」

驚いたことに、護衛の二人が揃って坊ちゃまに撒《ま》かれたというのです。

二人の話によると、街道を歩いてしばらくしてから、坊ちゃまが勢いよく駆けだしたということです。きっと外に出たのが嬉しくてはしゃいでいるのだろう、と最初は微笑ましく思ったそうですが、あとを追いかけても坊ちゃまとの距離はみるみる離れていき、結局見失ってしまったと――

ひょっとして坊ちゃまは、尾行に気づいていたのでは？　と考えずにはいられません。今の坊ちゃまなら、それくらいできてもおかしくない気がします。

護衛につけた二人は、決して無能ではありません。エイガ家の私兵の中では熟達した二人なのです。

そんな二人がいい加減な仕事をしたとは思えませんし、子どもだからと油断したわけでもないでしょう。

どうやら、この私の目をもってしても、坊ちゃまの真の実力を読み切れなかったようです。

「これからどういたしましょうか？」

「馬を使い、追いますか？」

二人の言葉に少し考え、私は首を横に振りました。

「……いえ、馬を使うと坊ちゃまに気づかれてしまいます。何より貴方たちを撒くほどの腕があるのですから、護衛をつけること自体余計だったのかもしれませんね」

「え？　ということは？」

「はい。ここは坊ちゃまの腕を信じて、大人しく見守ることといたしましょう」

「ですが、それで何かあった時は……」

心配そうにする二人に、私はこう伝えました。

「その時には私が全責任を負います」

◇◆◇

二人の護衛を上手く撒いたあと、俺は森の中を突き進んでいた。

途中、何度か獣と出くわす。好戦的な気性なのか、皆一様《みないちよう》に俺を見るなり襲いかかってきた。

獣の種類は二年経っても代わり映えしないな、と思いながら軽く撃退していく。鍛錬のおかげで身体能力が大分成長したからか、二年前よりさらに手応えがなかった。

ちなみに、今回は殺していない。襲ってくる獣は忍法・電掌撃《でんしょうげき》で痺《しび》れさせている。

これは電気を掌《てのひら》に集束し、触れた相手を感電させて気絶に至らしめる忍法だ。

意味のない殺生はしない。襲ってくる獣を片っ端から解体して、素材を大量に持っていっても悪目立ちするだけだからな。

それにしても、こうやって野山を駆け回るだけでも修業になるな。屋敷での訓練だけでは、実戦的な足腰の強さは身につけられないからね。

加えて、忍法の練習もできる。

忍法・錬金で的を用意し、忍法を行使して的当てをするだけでもそれなりに意味はある。むやみに戦闘する必要はないのだ。

そんなことを繰り返しながら、遠回りする形で町に向かっていたのだが……

「グルルゥ……」

「キッ！」

「キキッ！」

途中、獣の鳴き声が聞こえてきた。

なんとなく気になって声のした方に視線を向けると、木々が開けた場所に、銀色の毛並みをした小さな狼とそれを取り囲む猿の姿がある。

狼はまだ子どものようだが、群れからはぐれたのかたった一匹。傷だらけで、見ていてかなり痛々しい。

狼が必死に抵抗したのか、猿の何匹かは傷ついている。しかしやはり、多勢に無勢か。

助けてもいいが――自然界は弱肉強食。結局、弱い生物はより強い生物に狩られる運命。それが摂理《せつり》ってもんだ。

だからここは無視して――

「グルゥ……」

そう、思ったんだがな……前世で一緒に行動していた忍犬《にんけん》のことを思い出してしまった。犬と狼ではまるで違うが……確かあれくらいの子犬の頃から一緒に育ち、家族のように感じていた。

天涯孤独の俺からすれば、唯一の家族と言えたかもな。だが、結局あいつも任務の途中で――

その忍犬と、今猿に襲われている狼が重なった。

……くそっ！　まったく厄介なもんだ！

「キィイイィイ！　……キッ？」

派手に鳴き声を上げ、一斉に狼に襲いかかった猿共だったが、次の瞬間には怪訝そうにキョロキョロとあたりを見回している。

そして、俺の腕の中には一匹の小さな狼。

「ふぅ……おい、大丈夫か？」

「――ガゥ？」

俺の腕の中で狼が小首を傾げた。呑気《のんき》なもんだ。危《あや》うく死ぬところだったっていうのにな。

猿共にはわからなかっただろうが、あの連中が襲いかかった瞬間、俺は空中を蹴ってこいつの横に着地。そのまま抱きかかえて戻ってきたのだ。

流石に身体能力だけではキツイから、チャクラで肉体強化を施した。

「キーッ！」

「ウッキー！」

「ウキキキキッ！」

猿共が俺を見つけて、随分と興奮している。獲物を奪いやがって！　とお怒りのようだ。まぁ自然界の法則で言えば、俺は食い物を横取りした盗賊みたいなもんだろうし、仕方ないか。

「悪いな。だが見逃してやってくれないか？　こんな小さな狼、腹の足しにもならないだろう？」

「ウキキキキーー！」

あぁ、やっぱり聞く耳は持っちゃくれなかったか。

猿は合計五匹。それが一斉に襲いかかってきた。

この世界の猿は、日ノ本の奴とは一味違う。獰猛《どうもう》だし、動きもずっと素早い。

ま、それでも忍の身体能力には劣るがな。

猿は鋭い爪を振るってくるが、それを上半身の動きだけで躱す。

「キキーッ！」

すると、猿共が一旦距離を置いた。俺の身のこなしを見て、警戒を強めたか。獣にしては利口だ。

ま、猿は元来頭のいい生物だしな。

猿共は牙をむき出しにしたかと思うと、両手の爪を三倍くらいの長さにまで伸ばした。やはりこっちの世界の猿は一味違う。

爪が伸びたのは……魔力をまとわせたか。普通は見えないものが、俺には見える。チャクラを目に集中させれば簡単だ。

もっと言えば、爪だけじゃなくて全身にも魔力を漲らせてるな。この猿共は、意外と曲者《くせもの》かもしれない。

五匹の猿が散開し、周囲の木々を上手く渡って縦横無尽《じゅうおうむじん》に飛び回る。そうやって俺を撹乱《かくらん》し、隙をついて爪で引き裂くつもりなんだろう。

「クゥ〜ン……」

俺の腕の中で、狼が心配そうに鳴いた。自然と頭を撫でてしまった自分がいる。

「安心しろ。俺にはしっかり見えている」

「ウキーー！」

と、その時、背後から一匹の猿が飛びかかってきた。

俺は身を翻《ひるがえ》して強襲を避け、その回転を利用して首に手刀を叩き込む。

猿の体は地面に叩きつけられ、そのまま動かなくなった。

仲間がやられたのを見て、残りの猿共が興奮した様子で同時に襲いかかってくる。なかなかの連携能力だが、まとめて来るならむしろ御《ぎょ》しやすい。

「――龍尾旋《りゅうびせん》！」

腰からうねるように回転。龍が尾《お》を振り回すが如き蹴りを放ち、猿をまとめて蹴り飛ばした。

吹っ飛んだ猿は幹《みき》に激突したり、地面にぶつかったりして、動かなくなる。気絶させただけだ。大した怪我もしてないだろうが、しばらくは目を覚まさないだろう。

さて、これで問題解決。

改めて、腕の中にいる小さな狼の怪我を確認する。

「ハッハッハッハ――」

ふむ、少し表情が柔らかくなったか。助かったことがなんとなくわかったんだろう。

俺は再び狼を腕に抱《かか》え、森の中を歩き回る。

幸い、狼の怪我は命に関わるものではなさそうだが、放っておいていいものでもあるまい。

俺は治療系の忍法は使えない。あれは結構特殊だからな。

だが、前世ではその代わりに薬学を叩き込まれた。また、この世界の薬草についても、しっかり

勉強させてもらった。スワローは知識が豊富で、そういった方面の質問にも喜んで答えてくれたし、勉強に役立つ書物も貸してくれたんだよな。

俺はその知識を頼りに怪我の治療に使える薬草を集め、錬金で薬研《やげん》を作り、チャクラを上手く利用して高速で薬を作製。

出来上がった薬を、傷口に塗布《とふ》してやった。これで痛みも少しはマシになると思うけど。

「ガウ！」

うん、出血は止まったし、尻尾《しっぽ》をパタパタさせているな。これならもう大丈夫か。

「ま、今回は気まぐれで助けちまったけど、今後は気をつけろよ」

理解できないだろうが、一応そう言ってみる。

とにかく、別れを告げて俺は再び歩きだした。

わりと時間を食ってしまった。流石にそろそろ町に向かった方がいいだろう。

――トコトコトコトコ。

……何か足音が聞こえるな、と思って振り返る。

「ガウ！」

狼がいた。ついてきていた。

「おい、言っておくが連れていくことはできないぞ。お前は早く群れに戻れ」

指差しながらそう指示し、改めて歩くが……

――トコトコトコトコトコ。

クッ！　やっぱりついてきている！　し、仕方ない。

俺は足を速めた。だが、やっぱりついてくる。

今度は走った。が、向こうも走って追いかけてきた。

「お前なぁ……」

「ガウ！」

足を止めて振り向くと、狼は元気に吠《ほ》えた。

これは弱った。いや、振り切ろうと思えば振り切れるが……

「ふぅ、お前、群れはどうした？　両親とかいないのか？」

しゃがんで狼を抱きかかえ、問いかけてみる。

「ガウ！　クゥ～ン……」

一度元気よく吠えて、すぐに俯いてか細く鳴いた。

なんとなくだが、この狼にはもう帰る場所がないのでは？　と、そう思った。

「ガウ！」

「な、ちょ、お前なぁ……」

俺の顔をペロペロと舐めてきた。くそ、どうやらすっかり懐かれてしまったようだ。

参ったな……連れ帰ったところで、飼わせてもらえるだろうか？　いや、なんで飼う気になってるんだ、俺は。

だけど……忍犬みたいな感じで育てれば、今後何かと役立つかもしれない……

「……お前、俺と一緒に来たいのか？」

「ガウ！　ガウガウ！」

これまた元気よく吠え、尻尾を左右に振って嬉しそうに……ま、仕方ない。そもそも、俺が助けてしまったんだ。このまま放り投げて、死なせてしまっては寝覚めが悪い。屋敷で飼えるかどうかはわからないが、駄目だと言われてもやりようはあるしな。

「わかった。お前、一緒に来い」

「ガウ！」

結局、俺は一匹の狼を拾って育てることに決めてしまった――


「う～ん、そういえばお前の名前を決めないとな」

「ガウ？」

森を歩くことしばらく。

俺の後ろをついて歩く狼を振り返りつつ言うと、小首を傾げて見上げてきた。

なになに～？　とでも言いたげな顔だ。くそ、可愛いな。

「……真神《マガミ》。これでどうだ？」

「ガウ！　ガウガウ♪」

嬉しそうに吠え、俺の周りを走り回り始めた。気に入ってもらえたみたいだな。

ちなみに真神とは、前世でパートナーだった忍犬の名前だ。その名前は狼の神様から取ったものだったが、こいつは実際狼だからピッタリかなと思ったわけだ。

さて、狼の名前も決まったことだし、本格的に町を目指す。

やがて、俺とマガミは町に到着した。一人で来るのは二年ぶりである。

「ガウ！　ガウ！」

マガミがどこか嬉しそうに吠えた。

しかし、意外だったのはマガミが結構強かったことだ。途中何度か獣が襲ってきたのだが、野犬程度なら楽勝で追い払っていたし、角の生えたうさぎも倒してみせた。

まだまだ子どもだが、戦闘力はかなり高い。ただ、そうなるとあの猿はわりと強い方だったたってことになるんだろうか。数の上で分《ぶ》はあったとはいえ、マガミを追い詰めていたし。

そんなことを考えながらマガミを連れて門まで行くと、見知った顔が変わらずいた。二年前にも顔を合わせ、それからも何度か会っている門番だ。無口とおしゃべりの二人組である。

最初に無口な方の門番が俺に気づいたが、こっちをちらっと見ただけで何も言わなかった。相変わらず無表情で無言だ。

続いて、もう一人の門番も俺に気がつく。そして、少々大げさなジェスチャーで声をかけてきた。

「おや、そのご尊顔は！　エイガ様ではありませんか！」

声がやたら大きい。もっと声量を抑えられないのか。周りには何人かの商人の姿があるため、注目を浴びてしまっている。

「……ところで、護衛の方のお姿が見えませんが？」

門番の言葉に、俺はさらりと答える。

「うん、今日は一人で来てるから」

「えぇ……」

門番の顔色が変わった。二年前のことを思い出しているのかもな。あの時は結局、スワローが馬車まで用意して追いかけてきて、わりと大ごとになった。

「そんな顔しないでいいよ。今回はきちんと許可をもらってきているんだから」

「ほ、本当ですか？」

信用ないな。まぁ、七歳の言葉なんてすぐに信じられないか。

「心配なら、直接父様に聞いてくれてもいいよ」

「滅相《めっそう》もない！　そんな恐れ多いことはできません！　わかりました。そこまで仰るなら信じますが――」

門番が言葉を切り、マガミを見た。

「ガウ？」

門番の視線に気がついて、マガミは顔を傾ける。

その狼はいったい？　とこちらに目で訴えかけてくる門番。

「この狼はマガミ。僕の連れだ」

「連れ……ペットということですか。しかし銀色の狼とは珍しい……」

うん？　銀色の狼はここらでは珍しいのか。知らなかった。

「狼が入ったら駄目ってことはないんでしょ？」

「う、う〜ん、安全が保証されているなら問題ないのですが」

「なら大丈夫」

「え？」

俺はマガミを抱きかかえ、門番の前に持っていく。

「ガウ！」

「わ！」

マガミが一声鳴くと、門番は驚いて飛び跳ねた。わりとガタイがいいのに、臆病《おくびょう》な奴だな。

「まだ子どもなんだから、そこまで怖がることはないんじゃない？」

「いや、子どもと言っても狼ですし」

「大丈夫だって」

少しおかしく感じつつ、顔をこわばらせる門番にマガミを差し出す。

門番は恐る恐るといった感じで手を出し、マガミの頭を撫でた。

その間、マガミは俺の腕の中で大人しくしていた。まだ出会って間もないが、利口な狼だな。

「どう？　大人しいでしょ」

「は、はぁ……確かにこれなら問題ないですかね。わかりました。ですが、何かあったら私が怒られてしまうので、くれぐれも目を離さないでくださいね」

「うん、わかった」

門番に別れを告げ、俺は門を抜けて町に足を踏み入れた。

二年ぶりに一人で町に入った感想は……特にないな。別に町の雰囲気も変わってないし。

ま、せっかくだし色々見てみようかな。頼まれた買い物は最後でいいだろう。

さて、まずは足の向くままに歩き――

「うん、やっぱりこういうところに来てしまった」

「ガウ」

目の前にあるのは、剣と盾の絵が描かれた看板を下げている店。いわゆる武器屋だ。ちなみに、看板に絵を描いている理由は、文字が読めない人でもわかりやすいようにと考えられてのこと。

この世界の識字率はそこまで高くないらしい。大人でも文字が書けなかったり読めなかったりすることも、それなりにあるようだ。日ノ本では識字率は高かったから意外だ。

もっとも、それは一般階級での話。この世界の貴族は普通に読み書きを覚えさせられる。

「いらっしゃい……って、なんだ、子どもかよ」

武器屋に入ると、店主がやれやれといった顔でため息をついた。俺みたいな子どもは客に見えないのだろう。

「ここは子どもの遊び場じゃねぇんだよ、帰った帰った」

シッシッと手を振る店主。

「そんなこと言わずに見せてよ、いい物があったら買うから」

「は、ガキに何がわかるってんだ」

一笑に付《ふ》す店主。随分と態度が悪いな。まぁ客じゃないと思っているならこんなものか。

「今使っているこの剣よりいい品があれば、本当に買わせてもらうよ。だから見せてもらっていいかな」

武器は忍法で作れるし、剣よりは刀の方が好みだが、普段は剣を持ち歩くことになるのでそう言っておく。

「ふん、ガキが一丁前に剣なんざ……ん？　むむむ！！」

店主が腰の剣を見た途端、顔色を変えた。

「こ、この剣に描かれた紋章！　ま、まさか領主様の？」

あ、そうか。この剣にはエイガ家の紋章が刻まれているんだった。

全員が全員、領主の子の顔を知っているわけではないが、領主に何人子どもがいてどんな名前かくらいまでは、広く知られているらしい。

「……一応、息子やってます」

正体を明かす気はなかったが、ごまかすほどのことでもない。

すると、店主が慌てたように頭を下げて謝ってくる。

「そ、そうでしたか。いや、失礼いたしました！　その、最近買いもしないで見ていくだけの冷やかしが多くて、ついつい厳しい口調に。普段からこのような態度を取るわけでは――」

「別に気にしてないよ。だから謝らなくてもいい。突然僕みたいな子どもが店にやってきたら、怪訝に思うだろうし。それで、店内を見てもいいかな？」

「は、はい、勿論です！　好きなだけ見ていってください！」

許可が出たので店内を見て回る。

武器は色々陳列《ちんれつ》されてあった。店の大きさに比べて種類が多い。この町に工房はないし、全てよその町から仕入れてきた品だろう。

エイガ男爵領では魔石の採掘は盛んだが、鉄鉱石などはあまり採れない。だから武器や防具は他の街から買いつけたりしている。

一通り目を通してみる……ふむ、長柄《ながえ》の斧や片手剣、両手持ちの大剣や槍、弓矢などなど、色々あるけどこれといって目に留まるものはないか。

あと、ここは防具も扱っていた。看板に盾の絵があったんだから当然か。

しかし、防具も今着ている鎖帷子よりいい、と言えるものはない。より防御力が高そうな鎧なんかはあるけど、装備しようとは思わないな。元忍者の俺は、重装備は好まない。

武器も防具も、これといって目を引くものはない。

ただし、それはあくまでメイン用の武器として見た場合である。

「これとこれは……」

「おお！　お目が高い！　それはフセットとリングナイフですな」

フセットとリングナイフか……

フセットは細長い短剣。刃に目盛りがついていて、それで長さを測ることができる。

物差し代わりに使える短剣ってことだ。持っていれば何かと役立つかもしれない。

リングナイフは、柄頭《つかがしら》部分に輪がついているタイプの短剣だ。先端が鋭くなっており、苦無の形状にかなり近い。

苦無は忍法でも作れるが、作るのに時間とチャクラを消費する。こういった物は何本か持っていた方が便利だろう。

「これはそれぞれいくら？」

「はい。フセットは銀貨五枚。リングナイフは銀貨三枚です」

それくらいなら、今一本ずつ買えるな。

前に商人を助けたお礼に買い取ってもらった素材の代金、大銀貨二枚は今日のために持ってきてある。ただの冷やかしと思われるのも癪だし、買っていこうかな……

「毎度、品を持ってきたのだけど……おや？　また随分と若いお客さんですねぇ」

その時、一人の男が店に入ってきた。

その姿を見て、俺は一瞬ぎょっとする。

「……おや？　はて、どこかでお会いしましたかな？」

俺の反応を見て、男は怪訝な顔をした。

店に入ってきたのは、二年前、盗賊に襲われていたところを俺が助けた商人だった。

あの時は頭巾で顔を隠していたので、向こうは俺を知らないだろうが……いきなりだったから驚いた。

「彼はエイガ男爵のご子息なのですよ」

すると、店主が俺の身分を商人の男に明かした。別に隠してないからいいんだけどさ。

「なんと、領主様の。これはこれは、挨拶もなく申し訳ございません」

「いや、別に挨拶はいらないよ。僕は領主の息子ではあるけど、領主ではないんだし」

「はは、そういうわけには参りません。エイガ男爵家といえば、多くの優秀な魔法士を輩出してきた由緒ある家系。お坊ちゃまもゆくゆくは名のある魔法士になるのでしょうなぁ」

あぁ、やっぱりそういう見方をされるんだな。だけど残念なことに俺は魔法が使えない。忍術や忍法なら使えるけど。

商人は言葉を続ける。

「いやしかし、そのような御方に失礼な真似をいたしました。何か私を見て驚かれていたようでしたので、つい不躾に声をおかけしてしまいました」

「気にしないで。武器に夢中になっていたところに、急に人の声が聞こえたから驚いてしまったんだ」

ごまかすべく、なんとかそれらしいことを言った。

「そうでしたか。ところで、そちらの狼は、エイガ殿が飼っていらっしゃるのですかな？　銀色の毛とは珍しい」

商人は納得したように頷いたあと、視線を落とし、俺のそばで大人しくしていたマガミを見てそう聞いてきた。

門番の男も言っていたが、銀毛の狼というのはそこまで珍しいのか。

「一応、そうなるかな」

「ガウ！」

俺が答えると、マガミもそうだと主張するように元気よく吠えた。

「ほう、これはかなり賢そうな狼ですね。一説では、魔力が豊富な狼は毛が銀色になるとされています。大切にされるとよいでしょう……と、男爵家のご子息に口幅《くちはば》ったいことを。申し訳ありません」

「いやいや、凄く勉強になったよ。僕はそこまで知らなかったから」

これはお世辞ではない。今の話は本当に参考になった。

もっと詳しく聞いてみたかったが、あまり長く話し込んでボロを出してもいけない。

俺は手早く武器の代金を支払ってお釣りをもらい、店を出ることにした。

「ご購入ありがとうございます！　またのお越しをお待ちしております！」

店を出る直前、店主に何度も頭を下げられた。ちょっと大げさな気がする。

ふぅ、しかしこんなところで二年前に助けた相手と出会うなんてね。世界は広いようで狭い。

でも、あの商人、今まで無事に過ごせたんだな。

二年前によく出没していた盗賊問題は、父上が冒険者ギルドに働きかけたことでかなり被害が減ったと聞く。俺に無関心なのはともかく、領主としての仕事はしっかりこなしているようだ。

さてと、そろそろお使いを済ませて帰るとするか。

買い物の内容はそこまで大したものじゃない。エイガ家では普段、うちに出入りしている商人から買いつけているんだけど、急に足りなくなる日用品とかもあるわけで、そういったものの買い足しを頼まれた。

量はそこまで多くなく、店を数軒回っただけで買い物はあっさり終わった。途中でスリに遭うとか、物取りに狙われるなんてこともない。まぁそんな事件、普通起こるわけないよな。犯罪が多発する町になんて安心して住めないだろうから当然か。

それに、この町に冒険者ギルドがあることも、治安向上の役に立っていると思う。町の往来には、冒険者と思われる強面《こわもて》の人が結構歩いているからね。

冒険者はお金のためならなんでもやると思われがちだが、善良な人々の味方という側面もある。そのため、町で悪事を働く連中がいたら積極的に介入して是正《ぜせい》するらしい。そういった行為をするとある程度の報酬が出る、という事情があるからかもしれないが、そのおかげで治安が維持できていることは否定できない。

「アン！　アン！」

さて、帰ろうかな、と思って道を歩いていると、マガミが吠えてズボンの裾を引っ張ってきた。

「おいおい、どうしたんだ？」

なおもぐいぐいっと引っ張るマガミ。結構力が強いな。大人しくついていってみるか。

歩いていると、段々いい匂いが漂ってくる。そのまま進むと、俺たちは町の広場に出た。

広場には何台かの馬車が停まっている。マガミはそのうちの一台に興味を持っているようだ。

見れば、男性が幌《ほろ》の中で串に刺した肉をジュ～ジュ～と焼いていた。馬車が即席の厨房になっているんだな。

これがいい匂いの正体か。マガミはきっと、この香ばしい匂いに引き寄せられたのだろう。

男性は網を使って炭火で焼いている。肉を焼くには適した方法だ。旨味《うまみ》が増す。

「食べたいのか？」

「クゥ～ンクゥ～ン」

甘えたような声を出してすり寄ってくる。意外とぶりっ子だな。

「お？　食うかい？」

と、男性がこちらに気づいて声をかけてきた。

「これはなんの肉だい？」

「鶏《にわとり》さ。贔屓《ひいき》にしてもらっている養鶏所《ようけいじょ》から仕入れているんだ」

「へ～。それで、一本いくらなのかな？」

「へへ、大銅貨二枚だ。この大きさでこの値段は、なかなかお得だと思うぜ」

確かに肉は大きいし、食べごたえがありそうだ。これで大銅貨二枚なら安いかな。

「二本もらえるかな？　支払いは銀貨一枚で」

「おうよ！　それならお釣りは大銅貨六枚だな」

お釣りと串焼き二本を受け取ると、離れた位置にある馬車から四十代くらいのおばちゃんが話しかけてきた。

「お兄ちゃん、串焼きを食べるなら喉《のど》が渇《かわ》かないかい？」

そう言われれば、そうかもしれない。というか、今まさに少し喉が渇いている気がする。

なので、そちらに近づいて話に乗ってみた。

「ここでは何を売っているの？」

「栄養たっぷりな人気の飲み物。カブルジュースさ」

ジュースとは、果物の汁を使った飲み物だ。店によっては、それに砂糖や香辛料を加える場合もあるようだけど、基本的には果実だけを利用して作られたものが多い。日ノ本では水菓子として果物を食べることはあったが、こういったものは見られなかったな。

「ガウ！　ガウ！」

マガミもジュースに興味があるらしい。

「いくらかな？」

「このコップ一杯で銅貨五枚さ」

取っ手のついてない木製のコップを見せながら、おばちゃんが答えた。片手で持てるくらいの大きさではあるけど、銅貨五枚なら良心的だと思う。

「二杯ください」

「あいよ！」

俺は大銅貨を一枚手渡し、ジュースを受け取る。大銅貨は銅貨十枚分。お釣りは出ない。

左手で串焼き二本、右手でコップ二つを持った俺を見て、器用だねぇ、とおばちゃんが褒めてくれた。まぁ忍者ならこれくらいはね。

そのまま移動して、近くの長椅子に腰かけた。マガミは俺の足元で、ハッハ！　と舌を出してお座りしている。

串が刺さったままじゃ危ないから肉を外して、比較的草の多いところで密かに忍法を使い、葉っぱの皿を作ってそこに置いてやる。その隣にはジュースの入ったコップを置いた。

「ほら、食べていいぞ」

「ガウ！」

俺が許可を出すと、嬉しそうにがっつき始めた。結構お腹をすかせていたのかもしれない。

俺も串焼きに齧《かじ》りついてみる。

うん、塩加減が絶妙で美味《うま》いな。肉も硬すぎず柔らかすぎず、ほどよく噛みごたえがある。

そしてカブルジュースも口に含む。結構ドロッとしているけど甘くて美味い。

カブルというのは、カブルナッツという木の実のことだろう。屋敷からこの町に下りてくる途中の森に生えているカブルウッドから採れる実だ。

下を見ると、マガミもコップを器用に斜めにして美味《おい》しそうに飲んでいる。気に入ったようで何よりだ。

「おやおや、男爵家のご子息がこんなところで串焼きなんて食べているとは」

「みっともないな、本当に貴族かよ」

「買い食いとか、まるで平民の子どもみたいじゃないか」

その時俺の耳に、聞いたことあるような、ないような……そんな声が届いた。

一瞥《いちべつ》すると、なんとなく知っている顔が立っている。だが、彼らと俺は別に親しいわけでもないし、構わなくてよいだろう。

俺は特に気にすることもなくマガミに感想を聞いた。

「美味かったか？」

「ガウ！」

「そうか。それはよかった。じゃあそろそろ行くか」

「ガウガウ」

「ちょっと待て、こら！」

長椅子から立ち上がって帰ろうとしたら、怒鳴られた。なんなんだ、いったい。

「お前！　話しかけてるのに無視するんじゃねぇよ！」

「そうだ、失礼だろう！」

いかにも悪ガキといった連中が怒鳴り散らしてくる。

「うん？　話しかけるって……僕に話しかけていたの？」

「お前以外に誰がいるってんだよ！」

ガキ大将っぽいガタイのいい少年――デックがそう叫んだ。

俺はしっかり答えを示してやる。

「いっぱいいるじゃないか？　たとえば土の中にいるミミズや、そこで一生懸命フンを転がしてる虫や、そのフンに群《むら》がるハエなどなど」

「ほとんど虫じゃねぇか！」

「くっ、お前、僕たちを馬鹿にしているのか！」

馬鹿にはしてない。興味がないだけだ。

「くそ、すかしやがって！」

憤《いきどお》るデック。

「別にすかしているつもりはないんだけどな」

「そういう態度が、気取っているように見えるんですよ」

俺が言うと、出っ歯の少年——バーモンドが言った。

まったく、揃いも揃ってやかましいな。

そう、俺に話しかけてきたのは、二年前にも絡んできた悪ガキ連中だった。

「お前、妙な犬ころを連れているな」

デックがマガミを見下ろして口を開く。

「ガルルルゥ」

「お？　なんだ、やる気か！」

威嚇《いかく》するように唸るマガミに、デックは睨《にら》み返して強気なことを言った。わざわざ口に出して指摘はしないが、マガミは犬じゃなくて狼だからな。

あと、マガミはまだ子どもだが、それでもお前よりは強いと思うぞ。マガミは今の状態でも下忍程度の実力がある。ちなみに俺の見立てだと、デックはいいとこ下忍にすらなれない忍者見習いのさらに下の下ってところかな。まったくお話にならない。

「落ち着けマガミ。大丈夫だから」

「ガウ」

俺は頭を撫でつつマガミを宥《なだ》めた。放っておいたら飛びかかっていたかもしれない。

「それにしても、男爵家の息子がよりにもよってこんなところで買い食いとは」

改めて、というようにバーモンドが言い、蔑んだ視線を向けてくる。

「さてはお前、魔力がないから家で冷遇されてるんじゃないのか？　落ちこぼれは家でも相手にされず、大変なことだな」

続けて、デックが小馬鹿にするように言ってきた。

ここはひとまず、言い返しておくか。

「この串焼きは美味しそうだったから購入しただけだ。マガミもお腹をすかせていたみたいだったからね」

「そんなことを言って、やはりあれですか？　男爵家の次男程度ではまともな食事も与えられないのでは？　餌をあげるという口実で、自分の餌も手に入れないといけないとは、なんともみじめなものですねぇ」

バーモンドが嘲るように言うと、悪ガキ共が笑いだした。

あーあ、こいつらマジで二年前から成長してないな。その悪口が何を意味しているのかわかっていないのか？

「それはつまり、エイガ家は自分の子どもにまともな食事も与えないような家だと、そう思っているということ？」

「……へ？」

バーモンドが目を白黒させた。本当にわかっていなかったのか。

「だってそうでしょ？　今のは僕ではなく、どちらかといえばエイガ家を侮辱しているように聞こえたけど」

「ま、待って！　違う、そんな意味じゃなかったんだ。お、お前ら、なんで笑ったんだ！」

バーモンドが慌てだす。いや、お前も笑っていただろう。テンパッて敬語が取れているぞ。

二年前と同じような失敗をしているあたり、こいつはあまり賢くはないのかもしれない。

「い、今のはなんでもありません。というか、買い食い云々《うんぬん》というのはこいつらが勝手に言ったことですから、僕はそもそも関係ないですがね！」

「「は？」」

取り巻きたちが顔をしかめた。こいつ、絶対部下に好かれないタイプだろ。

「そもそも、いったいなんの用なの？　また泥団子でもぶつけるつもり？」

いい加減うざったくなってきたから、こちらから話を振った。

「はっ、そんなガキみたいな真似、この歳になってできるかよ」

だが、デックがそれを否定する。

続けて、もう二人の取り巻きも口を開く。

「大体、泥団子はバーモンドさんが嫌がるんだ。あの時散々ぶつけられたせいで、バーモンドさんはしばらく泥を見るのも怖がっていたくらいなんだからな」

「そうだそうだ」

「そ、そんな昔のことはどうでもいいんだから黙ってろ！」

バーモンドはまたも怒鳴り、一呼吸おいてから言葉を続ける。

「ふ、ふん、あの時は散々やってくれましたね。ですが、僕ももう七歳ですし、過去のことなど気にしてはいませんよ」

そうは言うがなぁ、この間屋敷で会った時も根に持っていたようだったが。

というか、こいつ、七歳だったのか。同い年なんてちょっと嫌だな。

そういえば、前世では七歳くらいからちょっとした任務の手伝いをさせられていたっけ。それに武士の家系に生まれた童《わらべ》も、七歳になればそれなりの立ち居振る舞いを要求されていた気がする。

それを思うと、七歳はある程度自立することが求められる年齢なのかもしれない。

……と思ってみたりしたけど、こいつらは見ていても子どもって感じしかしないな。

まぁどうでもいいか。話の続きを聞こう。

「それじゃあ用件は何？」

俺の問いに、デックが答える。

「ふん、ラポムから聞いたのさ。お前、魔法が使えないからって、騎士になるために剣術を習ってるんだって？」

「そうだけど、別に騎士になると決めたわけじゃないよ」

「嘘つけ。剣術を訓練するなら、将来は騎士か冒険者になるに決まってるじゃないか」

そんなことを勝手に決められても困るんだけど。随分と短絡的だな。

すると、デックはニヤリと笑う。

「まあいい、実は俺も最近、剣術の訓練をしていてな。二年前はしてやられたが、今度は逆に俺がお前に稽古をつけてやろうと思って、声をかけてやったのさ」

「いらない。間に合っている。それじゃあ」

「待てコラッ！」

マガミを連れて帰ろうと思ったら、怒鳴りながら俺の前に回り込んできた。

面倒な奴だな。別にやろうと思えば余裕で逃げられるけど、何度でもしつこく突っかかってきそうだ。

「俺様がせっかく稽古をつけてやろうと言っているのに、断るなよ！」

いやいや、お前如きの指導を受けてどうしろっていうんだ。俺はメリットのないことはしない主義なんだよ。

その時、バーモンドがこんなことを言いだした。

「はは、さては負けるのが怖いのですか。それはそうでしょう、ここでデックに無様な敗北を喫《きっ》してては、恥晒しもいいところですからね」

うわぁ、やっすい挑発だな。それで俺がムキになるとでも思ったのか？

「ほら、これを貸してやるからさっさと構えろ！」

俺が呆れていると、デックはこちらに木刀を押し付けてきた。そして自分は取り巻きの一人から木刀を取り上げて構える。

やれやれ、仕方ないな……少し付き合ってやるとするか――

「これでいい？」

俺は受け取った木刀を持って構える。片手で剣先を立てた構え方だ。

この世界の剣術は忍の技とは異なる。俺は基本的な型の他に、スワローから片手剣用の型も習った。

「へへ、やっとやる気になったかよ」

一方、デックは木刀をしっかり両手で持ち、片足を後ろに引いて構える。剣先が斜め下に向いている。下段寄りの構えだな。意外と様になっていて驚いた。

ただ、隙が多い。斬り込める箇所が一〇八はあるぞ。

「我がうちに宿る魔力、血と共に、肉体と共に、我に最大限の加護を、膂力《りょりょく》の増加を――」

うん？　デックがぶつぶつ言いだした。これは詠唱か。

「お前、魔法が使えたのか？」

「はっは、デックはそれなりに魔力がありますからね。頑張って強化魔法を覚えたんですよ」

俺が聞くと、何故かバーモンドが勝ち誇ったように解説してくれた。

ちなみに、デックはまだ詠唱を続けている。相変わらず長い。

「まさか、魔法を使うのが卑怯だなんて言いませんよねぇ？　本物の騎士も、時には魔法を扱う相手と戦うことだってあるのですから、これくらい――」

「あぁ、大丈夫。別に文句を言うつもりはない」

「はい？　あ、そう、ですか。ふん、とにかく、負けたからって魔法のせいにしたりしないように」

そんなつもりはまったくないから大丈夫だ。

「――パワーアップ！」

おっと、やっと詠唱が終わったか。

「へへ、これで俺はさらに強くなったぜ。本当はここまでしなくても余裕なんだが、ラポムが目に物見せてやれっていうからな」

目に物ね……正直まるで代わり映えしないけどな。ちょっとしたオーラは感じるけど、本当に些細な程度だ。

「こうなった俺はもう負けない。肉体が強化されて俺の剣はより重く、強くなったのさ！」

自信たっぷりに言うデックだが、俺からしたら、「強化してこれか」って感想しか持てない。

確かに少しは強くなったようだけど、それでも下忍程度にも及ばない。効率もそんなによくないよね。あれだけ時間をかけておいて、倍も強化されてないだろう、これ。

しかも、こうしている間にもオーラが弱まっている。効果に時間制限のある魔法なのだろう。

不便なことである。チャクラによる肉体強化は、体内でチャクラを循環させることで強化状態を保てるというのに。

強化の程度はチャクラ量によるけれど、最低でも倍くらいの強さにはなるな。俺なんかは五倍くらいは余裕だった。

今はせいぜい三倍ってところだが、チャクラの消費を厭《いと》わないならさらに倍率を上げられる。

つらつらと述べてしまったが、要するにチャクラによる肉体強化に比べると、デックの強化はどうしても見劣りするっていうこと。年齢を考えればこれでも十分凄いのかもしれないが。

「ハッ！　ダッ！　トゥ！」

開始の合図を告げるでもなく、デックが剣を振るってきた。

……なんというか、これはまったくなってない。強化したことの慢心なのかわからないが、攻撃が単調すぎるし、振りも力任せすぎる。

先ほどの、見てくれだけでも立派な構えはどうした。正面から突っ込んできて木刀をブンブン振り回すとか、暴れ馬かお前は。

「くっ、なんで！　強化したのに！」

軽く躱していたら、デックが悔しそうに言った。

さて、躱すだけじゃ芸がないので、相手の木刀にこちらの木刀を添えて受け流してみる。

ちなみに、今の俺は忍術を使っていない。つまり純粋な体術だ。それでもこの程度の攻撃ならなんの問題もない。

デックの方が体格がいいし、おそらく単純な腕力なら今の俺よりも上だろう。それでもここまでお粗末な剣術なら、力の方向を変えてやるだけで捌《さば》くことが可能だ。

剣筋もわかりやすすぎて、目を瞑りながらでも相手にできそうだ。というかできる。この程度の腕では、いくら魔法で強化しても一緒だろう。

これ以上やっても無駄だな。さっさと終わらせるか。

「く、くそ、なんで、あれから俺だって頑張って——くそっ！　くそっ！」

……なんだか、必死だな。あれからというのは、やっぱり二年前の一件のことか。それからこいつなりに鍛錬を積んできたらしい。

しかし、動きが我流すぎる。特に誰かの指導を受けることなく練習してきたんだろう。

それに関しては仕方ないか。俺は男爵家に生まれたおかげで、スワローという先生がいるし、転生前の経験だってある。デックにその環境がないことを思えば、それなりに動けている方なのかもしれない。

今のこいつは、力の入れ方や体の使い方がわかっていないだけだ。でも、そういうのは自分自身で気づかないとなかなか身につかない。

せめて、それがわかるやり方で決着をつけるとしよう。

その時、丁度いい具合にデックが大きく木刀を振り上げた。そんな動きは反撃されるのを待っているようなものだ。

だけど、俺はあえて木刀を頭の上で水平にし、受け止める格好を見せた。

それを見たデックの目が光る。力で勝《まさ》る自分なら、強引に押し切れると思ったのだろう。

俺は、振り下ろされた一撃が俺の木刀に当たった瞬間、膝を柔らかく使って衝撃を地面に逃し、一歩踏み込んで反転してデックと体の位置を入れ替えた。

振り返ったデックの喉元に、俺は木刀をそっと当ててやる。

「これで俺の勝ちだな」

「な!?」

デックが驚きの声を上げた。そして、悔しそうに歯ぎしりする。

「俺が、負けたのか……」

「負けだな。戦場であれば、容赦なく首を落とすところだ」

「く、くそ！」

木刀を下ろすデック。その手は悔しそうに固く握りしめられていた。

「そんな力任せな戦い方じゃ、話にならないぞ。少しは考えて動くことだな」

そうアドバイスしておく。俺も何を子ども相手に偉そうなことを言っているんだか……

デックは俺に敗れたことがよほどこたえたのか、俯いて肩をプルプルさせている。まぁ、この先どうするかはこいつ次第だ。

俺は一息つき、観戦していた悪ガキ共に言う。

「さて、これで気は済んだかな？　それなら僕はもう行くよ」

「ま、待ってください！　今のは、その、デックも本調子じゃなかっただけで」

「……やめろ、俺は本気でやった。魔法まで使った。なのに負けたんだ、ぐうの音《ね》も出やしないよ」

バーモンドは納得してなかったが、デックは素直に負けを認めたようだな。

すると、デックが俺に言う。

「でもお前、そんなしゃべり方もできたんだな」

「しゃべり方？」

「さっき、『僕』じゃなくて『俺』って言っていただろ？　その時は、すかしている感じはしなかった」

そういえばつい地が出てしまったかもしれない。

「お前、そっちの口調の方が似合ってるぞ」

「余計なお世話だね」

「……なぁ、さっきの、あれどうやったんだ？」

さっきの？　……あぁ、俺が最後に見せた動きのことか。そこに着目するとは、意外とセンスがあるかもな。

とはいえ、素直に教えるつもりはないけど。

「別に大して難しい技術じゃない。だけど口で説明して覚えられるものでもない。自分で頑張ってみることだね」

「……ふん、やっぱいけすかねぇ」

「別にどう思われたって関係ないさ。さて、そろそろ行くかマガミ」

「ガウ！」

大人しく待っていてくれたマガミに声をかけ、俺はその場を去ろうと踏みだす。

「また来るんだよな？　だったら今度こそ負けねぇからな」

すると、デックがそう言ってきた。

勘弁してくれ。確かに今後は町に来ることは多くなるけど、今日みたいなのはもう十分だ。

だから俺は特に答えず、マガミと一緒に先を急いだ。買う物は買ったし、あとは家に帰るだけだな。

「お使いは終わったのですか？」

門のところで、また例のおしゃべり門番に話しかけられた。いつもいるな、こいつ。ずっとここに立っているわけじゃないいんだよな？

「うん、無事に終わったよ。あとは帰るだけさ」

「そうですか、ですが、本当に帰り道も護衛なしで大丈夫ですか？」

「問題ないよ。最近は盗賊も少ないと聞くし」

「それはそうですが、でも森には最近猿が出るって話があって。あいつら、結構厄介なのですよ。かなりの頻度で人が襲われる事件が起きますし」

あぁ、マガミを襲っていたあの猿か。それなら一度追っ払っているし、帰り道でまた襲われたとしても問題ない。

「大丈夫だよ。それにマガミもついているし」

「ガウ！」

マガミが吠え、鼻息を荒くした。うん、やる気満々みたいだけど、お前、その猿に一度追い詰められていたんだからな。

とにかく、やたら心配する門番をなんとか言いくるめて、俺たちは帰路についたのだった。

意外と時間を食ってしまったので、あまり屋敷のみんなを心配させないように、と帰りは少し急いだ。途中何匹かの獣と遭遇したけど、無視する。

マガミは俺のあとをしっかり追いかけてきてくれている。足が結構速い。流石にチャクラで強化して本気を出した俺には追いつけないだろうが、元の身体能力のスピードなら普通についてこられる。

日が落ちる前には屋敷に到着するかな、と思っていた時である。

突如として、何かが俺たち目がけて飛んできた。

咄嗟に俺とマガミは地面を蹴って避ける。

投げられた何かは、勢いと重みで地面にめり込む。見ると、皮の硬そうな果実だった。

これは、カブルナッツだな。町で飲んだジュースの材料となる木の実だ。この木の実は、中身は柔らかくて甘いが、果皮が硬いことで知られている。

こんなのを投げてくるとは、なかなか凶悪だな。普通の人が食らったら軽く死ねる。

カブルナッツが飛んできた方向を見ると、何匹もの猿たちが木の上にいた。数は……随分と多い。全部で十二匹か。

投げてきたのはあいつらか。性懲《しょうこ》りもなく襲ってくるとは、まったくしつこいものだな。

「ウッキッキ！」

「キキー！　キキー！」

「ガルルルゥ」

威嚇の鳴き声を上げる猿に、マガミは以前やられかけたことを思い出したのか、表情を険しくして唸っている。

「マガミ、気持ちはわかるがここは俺に任せてくれ」

「ガウ……」

俺が言うと、マガミは無念そうに頭を下げる。

今のマガミがあの数の猿たちと戦うのは少々厳しいだろう。一対一ならともかく、全員まとめて戦うとなったらまず勝ち目はない。

俺は一歩前に進み出て、木の上の猿共に向かって言う。

「そんなに戦いたきゃ、俺が相手してやるよ。ほら、時間も惜しいしまとめてかかってこい」

「………」

だが、猿共はそこから何をするでもなく、じっと俺たちを見続けているだけだった。

なんだいったい？　木の実を投げてきたくらいだし、当然戦意はあると思ったんだが。

「……ふぅ、何もしないならもう行くぞ」

「ガウ……」

一向に動く気配がないので、マガミを連れて歩きだす。マガミは若干納得がいかなそうだったが、何もしてこない相手を痛めつける趣味はない。

だが、俺たちが歩き始めた途端、また猿共は一斉に木の実を投げつけてきた。

飛んできた数が多いから、マガミを抱きかかえて回避する。

なんだこいつら？　まるで俺たちがここから動くのを認めないみたいな、そんな態度だ。

「おい！　こっちだって暇じゃないんだ！　いい加減にしないと――」

「キャッキャ！」

「キャッキャッ！」

「ウキー！　ウキキー！」

俺が怒鳴ると、猿たちが大声で鳴き始めた。

怪訝に思ったその時――ふと、大きな気配が近づいてきていることに気がついた。

「……マガミ、気をつけろ。何か大きな力を持った奴がやってくる」

「ガウ！」

マガミが身を低くして身構えた。

猿の鳴き声がさらに大きくなる。鬨《とき》の声を上げているかのようだ。

いや、実際にそうなのかもしれない。かなり興奮している。

そしてバキバキバキッ！　と木々をなぎ倒しながら、ついにそいつが姿を見せた。

現れたのは、大猿だった。巨大な腕で、邪魔くさそうに目の前にあった大木を抜き取り、後ろに投げつけている。

大猿がギョロギョロとした双眸《そうぼう》で木の上の猿を睨むと、鳴き声がやんだ。シーンと静まり返ったのを確認したあと、その目が俺に向けられる。

「……随分とデカい猿だな」

「ガウゥウウ――」

マガミがなんとか威勢を保とうと唸っているが、尻尾が丸まってしまっている。

その気持ちはわからなくもない。今の俺はまだ子どもの体だから、大抵のものはでかく見えてしまうが、それを抜きにしてもこの猿はかなりの大きさだ。

かつて日ノ本でその名を轟《とどろ》かせた武蔵坊弁慶《むさしぼうべんけい》は、巨人のような武士《もののふ》と謳《うた》われていたが、この大猿の大きさは、その伝説を思い起こさせる。

大猿は俺とマガミを、じ～っと見つめていた。値踏みするかのようである。

と、いきなり大猿が吠えた。

「キキキキイィイイイイイイイイ！」

獅子《しし》のそれを遥かに凌駕するような咆哮《ほうこう》だな。周囲の猿まで恐れ戦《おのの》いているのが気配でわかる。

「キキッ！　キィー！　キキキキィーーー！」

「キッ、キッキ、キーキキキー」

「キギィ！　ギィ！　キキキギギィ！」

「キッ、キキキッ、キィ～……」

う～ん、大猿と木の上の猿が言い合いを始めた。流石に意味はわからないが、大猿がこっちを指差して怒鳴っているあたり、お前らはこんな子どもにやられたのか？　といったところか。

俺の見た目はまさに子どもなわけで、そんなのに負けるなんて不甲斐なさすぎると嘆いているのかも。

そういった様子から――まぁ一目見てすぐそうだと思ったけど――この大猿が多くの猿を束《たば》ねるボスだっていうのがわかった。自分の手下である猿がやられて、黙っていられなかったんだろう。

さっきまで他の猿が俺たちの足止めをしていたのは、ボス猿が来るのをわかっていたからか。これが奴らの手口なんだろう。

話が終わったのか、ボス猿が再び俺に向いた。目をすがめ、本当にこいつがそんなに強いのか？と胡乱《うろん》な視線を向けてきている。

猿にどう思われようが知ったこっちゃないんだが、こいつを倒さない限り先へは進めなさそうだ。

逃げる手はいくらでもあるが、このボス猿に興味がある。

見立てでは……日ノ本のちょっとした武将程度の実力はありそうに思える。ここにいる小猿共が束になっても勝てない強さだ。それは間違いないだろう。

マガミも本能でそれを察しているのか、前に出ようとしない。それで正解だ。

相手の強さを判断できる能力は大事だ。さもなければ、勝てる見込みのない相手にも無駄に突っ込んでいって死にかねない。

さて、やるか。

「……威勢がいいのは体格と声だけかい？　こんな小さな子ども相手にビビって、さっきから突っ立っているだけじゃないか」

俺の言葉があのボス猿に理解できるとは思わないが、表情や雰囲気で挑発していることくらい察するだろう。

「ギィイ……」

案の定、ボス猿の表情が変わった。血走った目で俺を睨み、大きく息を吸い込み始める。

すると、他の猿たちが一斉に耳を塞ぎ目を閉じるのが見えた。

何かが来る。

咄嗟にマガミの頭に手を乗せチャクラを流し込んだ。これでチャクラがマガミを保護してくれる。

俺もチャクラを解放して、全身にまとう。これくらいの相手となると、流石に肉体強化しなければどうにもならない。

「ギャオオォオオォオオォオオオオオ！」

ボス猿が雄叫《おたけ》びを上げた。

最初に聞いた声とは比べ物にならない、強烈な咆哮。おそらく、魔力が込められている。

雄叫びは衝撃波となって襲いかかってきた。音だけで、空を飛んでいた昆虫や鳥がバタバタと地面に落ち、近くの木々がメキメキとへし折れていく。

俺はチャクラで足を地面に固定させ、ボス猿の先手を耐えてみせた。

「……キィ――」

吹き飛ばなかった俺を、ボス猿がじっと観察するように見てきた。先ほどまでの俺を舐めていた雰囲気は完全に消え失せている。こちらを油断ならない相手と認識したようだ。

「キッ、キィイイィ！」

次の一手として、ボス猿は近くの倒れた木を掴み、投げつけてきた。

様子見の攻撃としては悪くない。子分だけでなく、こいつも頭が回るみたいだな。

こっちも少し驚かせておくか。

俺はすぐさま印を結び、チャクラを練り上げる。

「忍法・火吹《ひぶき》！」

俺の息が火に変わり、飛んできた木を呑み込んだ。

火吹は初級レベルの火属性忍法だ。この程度の攻撃なら、基本的な忍法でも対処できる。

炎に呑み込まれて、木はあっという間に炭化し、空中でボロボロと崩れ落ちた。

正面を見ると、既にボス猿はいない。もちろんわかっていたことだ。

「上だな？」

「キキィイ！」

ボス猿は、天高く跳び上がっていた。

跳躍力を活かした上からの攻撃か。見た目よりも身軽だな。

ボス猿は岩のような拳を頭上から振り下ろしてくる。

こいつの両腕は長い。まっすぐ立った状態でも拳が地面につくほどだ。リーチを活かして一方的に攻撃できると思っているのだろう。

だが甘い。

俺は拳を避けつつジャンプし、脇腹に蹴りを叩き込んだ。

「ウギィイ!?」

呻き声を上げ、吹っ飛んでいくボス猿。周りで見ている猿は、信じられないものを見たかのように唖然《あぜん》としていた。

ボス猿は吹き飛ばされたあと、空中で体勢を立て直して地面に着地する。俺も本気ではないけど、なかなかタフだな。

ボス猿はフンッ！　と興奮した様子で鼻から息を吐き、自分の胸を長い両腕でドンドンと叩いて打ち鳴らした。

威嚇のつもりか？　と思ったが、すぐに違うとわかる。拳で胸を叩いているうちに、体が膨張して一回り大きくなったからだ。

ただでさえデカいのにさらに巨大化するのかよ……と思っていた時。

「ウキィイイィイイ！」

ボス猿は鳴き声を上げ、地面を蹴る。すると、一瞬で俺の目の前まで接近した。

速い。巨大化したから遅くなったのかと思ったのに、とんだ思い違いだ。サイズだけでなく、身体能力も向上しているようだ。

ボス猿は爪を伸ばし、攻撃を仕掛けてくる。

俺が避けると、空振りした爪が空気を裂く音が聞こえた。

さっきと比べて一撃の重さと鋭さが段違いだ。おそらく、こいつは魔力によって、身体能力を著《いちじる》しく向上させたのだろう。体感としては、強化後の強さはさっきの五割増しといったところか。

大した実力だが――

「悪いけど、俺には通じないね」

「――ッ!?」

俺はボス猿の巨腕を掴み、締め上げた。両方の手で一本ずつだ。

ボス猿の顔色が変化した。明らかに怯《ひる》んでいる。

ボス猿はなんとか外そうと必死にもがくが、俺は構わず締め続ける。

「なかなか面白かったが、ここまでだな」

俺はそう言い、ボス猿を持ち上げた。

途端に周りの猿が仰天《ぎょうてん》してわめき始める。倍じゃ利かないほどの巨体を、俺みたいな子どもが持ち上げたんだからそりゃそうか。

そのまま俺はボス猿を空中に放り投げた。続いて地面を蹴って跳躍し、ボス猿の背後に回って腕を取る。今は片腕を抱きかかえている状態だから、一見すると大猿は俺を振りほどけそうなものだが、何もできずにいる。チャクラで上手いこと相手の動きを封じたからだ。

そして俺は、ボス猿を頭から地面に叩きつけた。

俺も地面に着地し、ボス猿の顔を覗き込む。

舌を伸ばし、目を回しているけど、死んではいない。狙い通り、気絶させただけだ。

「これで、俺の勝ちってことでいいよな？」

観戦している猿たちに言い放つ。

今後、ここを通る度に襲われるのも面倒だからな。ボスを倒しておけば、もう子分は襲ってこないだろう。

それから数分後……

俺の目の前には、平伏する猿たちがいた。中心には、さっきまで戦っていたボス猿もいる。目を覚ました途端、他の猿に何かを叫び、こんな状態になったのだ。

う～ん、どうしてこうなった。倒せばもう襲ってこないとは思ったが、よもや土下座をされるとは……

「ウッキー！　ウキウキ！　ウッキッキッ！　キー！」

ボス猿は顔を上げ、何か一生懸命俺に訴えてきた。

その言葉が合図かのように、他の子分猿が弾《はじ》かれたみたいに動きだす。

まず、何匹かが俺に近づいて肩を揉んできた。隣ではマガミもマッサージを受けている。

怪訝に思っていたら、別の猿が山盛りの木の実を目の前に持ってきた。

み、貢ぎ物のつもりなんだろうか？　襲ってこないどころの話じゃないな。

これは推測だが、このボス猿は俺が新しい親分だとでも言ったんじゃないか？　獣は大体、より強い者がボスになる。あくまで俺のいた世界の知識だが、この様子を見るに異世界でも同じなのだろう。

俺は猿じゃなくて人間だ。ボス扱いされても困ってしまう。

いや、待てよ？　こいつらは、もしかしたらこの先役に立つかもしれない。賢いし、俺に負けたとはいえ、このあたりにいる獣の中では一番強い種類だろう。

「……よし、どうだ？　俺と契約しないか？」

「ウホッ？」

俺が言うと、大猿は首を傾げる。

なんとか俺の意図を伝えようと身振り手振りを交えて頑張ってみると……

「ウッホッホ！　ウッホッホ！」

大猿は頷いて立ち上がり、両手を叩きながら踊るような動きで俺の周囲を回り始めた。

どうやら理解してくれたみたいだ。しかし、随分と嬉しそうだな。

とにかく、契約に入る。やり方はそう難しいものではない。

俺は買ったばかりのフセットを取り出して自分の指を少し切り、流れた血で大猿の額に印を刻む。

今刻んだのは口寄せの印だ。これで契約は完了。こうすることで忍法・口寄せ——生物と契約を結んで呼び出せるようにする忍法——で、いつでも大猿を口寄せすることができる。

口寄せを成功させるには相手の同意を得る必要があるが、基本的には相手がこちらにある程度懐いていたら成功する。

条件さえ整っていれば、口寄せそのものはそこまで難しい忍法ではない。ただし、呼び出す対象が猛獣や妖怪などであれば、それなりに契約の難度が上がる。下忍連中は鳥や小動物などから口寄せの練習を始めることが多かった。虫を口寄せするのもいたな。

「よし、これで契約成立だ」

「ウキッ！　ウキウキッウホッ！」

大猿は胸を叩いて喜びを表現して、周囲にいた子分猿にも契約したことを教えている。

他の猿も喜んでいた。ちなみに口寄せは、契約対象が群れのボスだった場合、紐《ひも》付けされる形で群れ全体に契約が及ぶ。つまり俺はこの大猿と契約したことで、他の猿もまとめて口寄せできるようになった。

「せっかくだから、お前の名前が欲しいところだな」

「ウホッ？」

口寄せに名前が必要ってわけじゃないけど、名前はあった方が便利である。この大猿だけでも名付けておきたいところだ。ふむ……

「よし、お前の名前は猿猴《エンコウ》。それでどうだ？」

「ウホッ、ウホッホ！　ウホッホ！」

気に入ってくれているみたいだな。ちなみにこの名前は、日ノ本の妖怪の名前でもある。

その後、俺は猿を集めて、ある約束をさせた。それは人間を襲わないことだ。

このあたりで人々が猿に襲われるって話を門番がしていた。

だからそれはやめさせた。そもそも、人を襲うことは、猿にとっても決していいことじゃない。あまりやりすぎると、本格的に冒険者が討伐に動きだす可能性があるからな。そうなると猿たちにも大きな犠牲が出るはずだ。

「ガウガウ」

「キキーキキー」

マガミも契約の件は納得してくれているようで、猿たちと会話している。

なお、マガミに口寄せの印を刻んでいないのは、いつも俺と一緒にいるため、わざわざ呼び出す必要がないからだ。

猿たちはマガミに敬意を払っている様子で、マガミはまんざらでもない感じである。猿たちからすれば、マガミは兄弟子みたいな印象なのだろう。

さて、俺とマガミはエンコウたちと別れて屋敷に帰ることにした。

ちなみに、木の実はある程度は食べたが、食べきれない分は残してきた。せっかく採ったのだから、自分たちで食べるといいと伝えておいた。

そして、今度こそ俺たちは帰路についたのだった。


エンコウたちと別れてから屋敷までの道のりは、平和そのものだった。途中、これといった獣にも出くわさない。

それにはちゃんとした理由があるけどね。さて、屋敷が見えてきたし……

「ありがとう、もういいぞ。下手に見られて騒がれても面倒だから、帰ってくれ」

「ウキッ！」

「ウキキッ！」

俺が声をかけると、木の上に隠れながらついてきていた猿の群れが去っていくのが気配でわかった。別に頼んだわけではないのだが、エンコウがそう命じたのか、何匹かこっそり護衛してくれたんだ。途中獣が現れなかったのは、あの猿たちのおかげである。

護衛の様子を見させてもらってわかったことは、エンコウ以外の猿も、やはりこの森ではかなり強い部類に入るってこと。たまに獣の近づく気配があったが、俺の前に姿を現す前に全て返り討ちにあっていた。

さて、いよいよ家に戻ってきたわけだが、マガミのことはどう説明しようかな。勢いで連れてきてしまったけど、実際のところどうなるか……飼うのを許可してもらえたら一番いいんだけど。

もし駄目だった場合は、忍法を使うことになる。忍法の中には周囲の気配と一体化するような術があり、熟練した忍者ならそれを他者にもかけることが可能だ。これを利用してひっそりと育てる。

とにかく、ここで考えていても仕方ない。出たとこ勝負と行こうか。

「マガミ、いいか？　家では大人しくするんだ。唸ったりしたら駄目だぞ？　屋敷の人はみんな俺の家族みたいなものだし、なんの危険もないからな」

「ウォン！　ガウガウ！」

尻尾を振りながら、任せてと言わんばかりに鳴いた。マガミは賢いし、家族や使用人に危害を加えることはないだろう。一応言い含めておいたものの、その心配はまったくしていない。

一番の懸念は、やっぱり兄貴だよな……なんとなく反対しそうだ。

屋敷の門を潜《くぐ》ると、中庭でスワローが出迎えてくれた。

「坊ちゃま、お帰りなさいませ」

「うん、わざわざ出迎えてくれてありがとう」

「いえいえ、ご無事で何よりです。ところで……」

スワローはそこで言葉を切り、俺の足元にいるマガミに視線を向ける。

ここは、ちゃんと話した方がいいだろう。

「途中で獣に襲われているところを見かけて、助けたんだ。そしたら懐かれてね。僕も放っておけなくて」

「まぁ、左様でしたか。流石、坊ちゃまはお優しいですね」

なんだか凄く優しい笑顔で褒めてくれた。す、少し照れるな。

「それにしても、銀毛の狼とは珍しいですね」

興味深そうにマガミを眺めるスワロー。

俺は頭を下げてお願いする。

「スワロー、この子を飼ってもいいかな？　どうしても捨ててはおけなかったんだ」

「そのお気持ちは素晴らしいですが、これは私の判断ではなんとも……」

確かにそうだよな。一応駄目元で聞いてはみたけど、この家の主は父上だ。そっちを説得しないと話にならない。母上の方は許可してくれる気がするんだけど……

「ところで、その狼は大人しいですね。坊ちゃまにそれだけ懐いているということでしょうか？」

「うん、僕の言うことをよく聞いてくれるよ」

「ガウ」

マガミが俺に同意するように短く鳴いた。

「利口な子のようですね。これなら旦那様も許してくれるのでは？　私からもできるだけ口添えさせていただきます」

スワローのマガミに対する印象がよりよくなったようだ。

「ありがとう、そう言ってもらえると助かるよ。よかったな、マガミ」

「ガウ！」

「おやおや、もう名前まで。これは私も責任重大ですね」

スワローが微笑ましげに言った。

と、その時、屋敷の扉が開いて兄貴が出てくる。

「兄さん……」

「なんだジン、戻っていたのか。まったく、たかだか買い物にどれだけ……って、おい！　なんだその犬は！」

兄貴が声を張り上げた。

あちゃ〜、できれば会いたくなかったのに見つかってしまったか。こいつに見つかるとややこしいことにしかならない気がするから、まず直接父上に話を持っていきたかったのに。てか、マガミは犬じゃなくて狼なんだが。

「ロイス坊ちゃま、これは犬ではなく狼でございます」

「う、うるさい！　細かいことはいいんだよ！」

スワローに指摘され、顔を真っ赤にして叫ぶ兄貴。気づいてなかったのか、残念な兄だ。

「とにかく、そんな汚らしい獣に我が家の敷居をまたがせるな！」

「ガルルルゥ……」

兄貴の暴言に、マガミが威嚇し始める。

「落ち着くんだ、マガミ」

「クゥ～ン」

とりあえず宥めておく。

唸りたい気持ちはわかるが、これでも一応は俺の兄貴だからな。

ただ、汚らしいというのは聞き捨てならない。どう見てもマガミの毛並みは綺麗《きれい》だ。お前の目は節穴《ふしあな》か。

兄貴はさらに気炎を揚《あ》げる。

「大体スワロー、お前がついていながら、こんな勝手な真似をさせるとはどういうつもりだ！」

「申し訳ありません。ですが、ジン坊ちゃまに随分と懐いているようですし、危険はないかと」

「ふん、そんな言い分信用できるか。いいからさっさと捨ててこい！　これは私の命令だ！」

「待って、狼が怖いって兄さんが言うなら近づけないようにするから」

「ふ、ふざけるな！　そんな小さな獣なんて怖いわけないだろ！」

兄貴がムキになって怒りだした。挑発に乗りやすいな。

兄貴に向かって、スワローが言う。

「ロイス坊ちゃま、とにかくこの件は、まず旦那様にご相談しようと思います」

「馬鹿言うな。この程度のことで、いちいち父様の手を煩わせてたまるか。この件は私が決める。ジン、そんな駄犬、いや駄狼か、とにかくさっさと捨ててこい」

なんて横暴な奴だ。お前にそんな権限はない。

とはいえ、ここで反論して事を荒立てたくもないしな。さて、どうしよう……

「いったいなんの騒ぎだ」

「旦那様」

「父様……」

考えあぐねていたら、なんと父上が中庭にやってきてくれた。俺たちが騒いでいるのが聞こえたらしい。

「父様、大したことではありません。この程度、私だけで解決できる問題です」

すると、兄貴はキリッとした顔で父上にアピールをし始めた。こういうところがせせこましく感じるんだよな。

「家のことをどうするかは、子どものお前が決めることではない」

「え？　あ、し、失礼いたしました！」

だけど父上はピシャリと言い、兄貴は顔を青くして片膝をつき謝罪した。貴族の家においては、家族間といえども立場には厳格だ。

父上は俺を――というか、俺のそばにいるマガミを見て問いかけてくる。

「それで、ジン、お前が連れているその狼はどうしたのだ？」

「旦那様、この狼は――」

「スワロー、私はジンに聞いている。お前は口を挟むな」

「大変失礼いたしました。出すぎた真似を」

スワローはすぐに頭を下げ謝罪した。兄貴に比べると所作がスムーズだ。

しかし、意外だな。まさか俺に直接聞いてくるとは。父上は俺にあまり興味を持ってないから、てっきりスワローに説明させるかと思っていたのに。

ここはしっかり説明しないと。

「この狼は、町に下りる途中の森で、獣に襲われていたところを見つけて助け出しました。そのこともあって懐いてくれて、僕も愛着が湧き、つい家まで連れてきてしまいました。この狼は帰る群れもなく、孤独な身の上。どうしても放ってはおけませんでした。どうか飼う許可をいただけないでしょうか？」

俺が言い終えると、兄貴が立ち上がって言う。

「馬鹿な真似を！　父様、申し訳ありません。このような下等生物、我が家にふさわしくないのは自明の理。この私が責任を持って――」

「ロイス、私は先ほどスワローに口を挟むなと言った。今はジンと話しているからだ。それにもかかわらず、お前はどういう了見で私とジンの会話に口を挟んでいるのだ？」

「え？　そ、それは……」

父上に睨まれ、兄貴の顔色がますます悪くなった。目も泳いでいる。謝罪の言葉が出てこないほど動揺しているようだ。

父上はため息をついて言葉を続ける。

「……ふぅ、まったくお前という奴は。大体、お前にはこの狼が下等に見えるのか？」

「……え？」

父上の問いかけに、兄貴は目を白黒させた。

「……ジン、銀毛の狼とは珍しい生き物を拾ったな」

俺は首を横に振って父上の言葉に応えた。

「父様、僕は不勉強だったために、銀毛の狼についての知識がありませんでした。正直に言えば、たとえどのような狼であっても連れ帰ってきていたと思います」

「……そうか。まあそのことはいい。それで、しっかり育てる覚悟はあるのか？」

「はい！　立派に育て上げてみせます」

「――それならば、飼うことを許可しよう。スワロー、あとのことはお前に任せる。ただし拾ってきたのはジンだ。多少のサポートは構わないが、甘やかすことは許さん」

父上が言うと、それまで頭を下げ続けていたスワローは顔を上げて返事をする。

「はい、しかと承《うけたまわ》りました。時に旦那様」

「なんだ？」

「出すぎたことを口にするようですが、ジン坊ちゃまは責任感のあるお方です。そこはどうかご安心いただければと思います」

「……わかった。それとロイス」

「は、はい！」

突然名前を呼ばれ、兄貴がビクリと返事をした。

「私はお前に期待している。魔力も高く、このまま成長を続ければきっと優秀な魔法士になれることだろう」

「は！　ありがたき幸せ！」

「……だからこそ、あまり私を失望させるなよ」

なかなかキツい言葉を飛ばしたな。

父上はその言葉を最後に屋敷の中に戻っていったが、兄貴は肩をプルプルと震わせ立ち尽くしていた。

それにしても、こんなにあっさり飼う許可が出るとは、少し意外だったな……

第三章　転生忍者、少年編

飼う許可が出てから俺は、責任を持ってマガミを育てることにした。忍犬、もとい忍狼にするためだ。

エンコウと戦ったあの日から、俺はマガミと一緒に何度か町に下りている。その度に俺とマガミは猿たちを交えて修業した。

猿たちとの訓練は、特にマガミには効果的だった。多対一だとマガミが勝つのは厳しいが、一対一だといい戦いをする。

一方で俺はエンコウと戦って互いに切磋琢磨《せっさたくま》……と言うには俺の方が大分強いんだが、とにかく頑張って修業していた。

「キキッ！　キキッ！」

「おっと、ほら捕まえたぞ。お前もだ」

「ウキー！」

時には、猿に自由に逃げてもらい追いかけっこをすることもあった。俺が捕まえる役に回る時はチャクラを使う。逆に俺が逃げる時は、チャクラに頼らず身体能力だけで逃げた。

チャクラを使わないと、俺は普通に猿に捕まってしまう。やはり子どもの身体能力では厳しいものがある。

スワローに鍛えてもらっているといっても、まだ七歳だ。猿のように自由自在に森を動き回るのはチャクラなしだときついな。せいぜい三メートル上にある枝を掴んで上る程度だ。

チャクラを使ったり使わなかったりして修業する理由を、軽く説明しておこう。

結論から言うと、これは肉体を効率的に鍛え上げるためだ。

チャクラを使って肉体強化し、限界まで筋肉をいじめると、普通に筋力トレーニングをするよりも遥かに高い効果が得られる。

ただ、その訓練方法をやりすぎるのは、成長期の肉体には刺激が強すぎる。時には自然な形で体を作るのも大事だ。だから併用する。

それにしても、エンコウと契約したのは正解だったな。俺とマガミは勿論のこと、猿やエンコウも、修業を続けることでより強くなっていく。お互いにとっていい関係を築けている。

修業を切り上げて町に着くと、門番がいつものように丁重な挨拶をしてくる。いつしか、護衛の手配を申し出ることはなくなった。もう心配はいらないと判断したのだろう。

町を適当にぶらついて、頼まれた買い物を済ませる。

すると……

「ジン！　今日こそはお前を倒す！」

デック一味が、木刀を持ってまたやってきた。バーモンドもいるけど、あまり乗り気ではなさそう。一番やる気になっているのはデックな気がする。

流石にもう相手にするのが面倒くさいので、俺は無視してとっとと振り切ることにした。

「あ、お、おい待てよ！」

待たないよっと。

猛スピードで門を出て屋敷に戻る。

帰ってきたらマガミに食事を与え、毛づくろいしてやると甘えてきた。撫でると気持ちよさそうに目を細めている。可愛い。

マガミはすんなり屋敷の人々に受け入れられた。兄貴だけは面白くなさそうな顔をしているけど。

メイドたちは最初、おっかなびっくりふれあっていたけど、今はそんなことなくなった。彼女たちは時間が空いた時などにマガミを撫でて、もふもふだと喜んでいる。

さて、毛づくろいが終わったあとは、スワローとの剣術の特訓。

訓練場で、スワローと模擬戦をする。俺はチャクラで肉体強化をしていなかったので、なかなか一本が取れなかった。

休憩中、俺はスワローに話しかける。

「ふぅ、やっぱりスワローは強いね。敵《かな》わないよ」

「いえいえ、坊ちゃまの腕はかなりのものですよ。何せ私も一度負かされてしまいましたからね」

「あれは色々と運が重なった結果だよ。それに、スワローだって本気じゃなかったでしょ？」

「なんとも難しい質問ですね。確かに戦場で敵を相手にするような気構えではありませんでしたが、訓練としては私も真剣でしたので」

確かに、実戦での殺し合いと模擬戦では、緊張感やその場の空気に天と地ほどの差がある。

実戦に慣れていない者は、いくら訓練で強くてもいざ戦場に出てみると三割も力が出せない、なんてことは往々にしてある。逆に戦慣れした者が、命の駆け引きがない戦いでは本領を発揮できないということも多い。

実は俺がスワローから一本取った時、俺は忍術を使って戦った。どうしても勝ちたかったからね。

今は純粋な体術で模擬戦をしている。当然それだとそうそう一本は譲ってくれない。

「でもやっぱりスワローは強いし、僕が勝ったのは運もあったと思うよ。むしろよくあの時は勝てたよね、僕」

「ふふ、ですが私も油断はできませんね」

その後は訓練を再開し、終わったら屋敷に戻って家庭教師に勉強を教えてもらう。

俺は毎日、そんな暮らしを続けていた。

◇◆◇

あっという間に時は過ぎ――俺は八歳になった。

今、俺は森で猿と追いかけっこをしている。俺は捕まえる側で、忍術は使っていない。

「よっし、捕まえた！」

「ウキィイイ⁉」

俺に捕まった猿は、驚きの声を上げていた。忍術を使わない俺に今まで捕まったことがなかったからだ。

秋を越え、冬を越え、春となり年齢が一つ上がった今、俺の身体能力は大分向上していた。冬は雪が降ったが、雪の積もった森でも修業を続けたのがよかったのかもしれない。

「ガウガウ！」

「おう、マガミも大したものだ」

マガミも成長して、以前よりかなり大きくなっていた。俺の身長とほとんど変わらない。

実力も上がっていて、猿たちを相手にしても負けないくらい強くなっている。猿たちはマガミに負け始めたことが悔しそうでもあり嬉しそうでもあり……まぁ、いいライバルとして切磋琢磨している感じだ。

流石にエンコウの強さにはまだ及ばないけど、かなりの成長と言っていいだろう。

とはいえ、マガミはまだまだ甘えん坊なところもある。褒めて褒めてと頭を出してくるし、撫でてやると気持ちよさそうに目を細めてスリスリしてくる。なんとも可愛らしい。

ちなみに、猿たちも撫でてあげると喜ぶ。エンコウも喜ぶ。揃いも揃ってどれだけ撫でられるのが好きなんだ。

さて、修業の成果も確認できたところで、今日もまた町に下りてきたんだが……

「今日こそは相手してもらおう！」

広場を歩いていたら、デックがまたやってきた。こいつもめげないね。

なお、デック以外の取り巻きやバーモンドは、この一年で段々顔を見せなくなった。俺を追いかけても疲れるだけだとでも判断したんだろう。

逆に言えば、悪ガキたちはほとんど俺に絡むのをやめたのに、デックだけはしぶとく残っているということである。

「追いついたら考えてやるよ」

「言ったな！　約束だぞ！」

そして俺が町を逃げ回り、デックが追いかけるという、いつもの遊びが始まった……俺もとうとう遊びだと思うようになってしまったか。

俺を追いかけ回すのがデックだけになってからは、なんとなく俺も相手の気持ちを無視して姿を消すのが心苦しくなった。

だから、この遊び中はデックが追いかける速度にある程度合わせて逃げている。それがデックの成長にも繋がっているようで、走る速度や体力が段々上がってきた気がする。以前から体格はよかったけど、最近は余計な贅肉《ぜいにく》が落ちてシルエットがスッキリしてきた印象だ。

さて、今日はどれだけ追いかけてこられるかな。

俺が走りだすと、マガミが俺の横を並走する。ハッハッハ、と舌を出していて楽しそうだ。遊んでもらっているくらいの感覚なんだろう。これもいい運動かもな。

町の人々はこの光景にもすっかり慣れたらしく、微笑ましそうに見ている。ちょっと前から、町を歩いているとリンゴとかを分けてもらうことも多くなった。貴族様なのに偉ぶってないのがいい、みたいな声がたまに耳に入ってくる。

貴族といえば、日ノ本でも名家の武士や旗本《はたもと》の中には尊大な奴もいた。全員が全員ではないけど、嫌な態度を取る奴が多かった印象だ。それと同じで、この世界でも貴族は偉そうで近寄りがたいというイメージがあるのだろう。事実、父上なんかは取っつきにくい雰囲気が出ている。

そこまで考えた時、なんとなく兄貴の顔が思い浮かんだ。あいつは俺と一緒に町に下りることはないけど、父上とはたまに来ているらしい。ただ、町の人はあまり兄のことに触れないから、まぁなんとなく、あいつがどんな態度で人々に接しているのかは想像がつく。

「うぉおぉぉおおお！　よっしゃ捕まえた！」

「ガウ！」

「あ……」

後ろを振り向くと、俺の腕を掴むデックの姿。ちょっと物思いに耽《ふけ》っていたとはいえ、五割の力で走っていた俺に追いつくなんてね。デックが八歳であることを考えれば、大したものだ。

ゼェゼェとかなり息が乱れているし、凄い顔をしているけどな。それだけ必死だったということか――

「はぁ、はぁ……こ、これで、俺の相手、してくれるんだろう？」

「……ま、約束だからな」

俺とデックは広場に移動し、およそ一年ぶりに模擬戦をすることとなった。

広場に来たあと、デックは少し休ませてくれと言うので、体力が戻るのを待つ。

「はぁ、はぁ、はぁ……よし回復！」

「本当か？」

十数える程度だぞ。そんなのでいいのか？

だが張り切って木刀を構えているし、息の乱れも落ち着いていた。なかなかの回復力だな。

「行くぞおおぉぉお！」

デックは長ったらしい詠唱をして身体能力を強化したあと、そう叫んで斬りかかってきた。

それから、しばらく斬り結ぶ。マガミはチョコンと座ってその様子を大人しく見ていた。行儀がよくて可愛い。

たまに子どもたちが寄ってきて、ナデナデされて喜んでいるのが横目で見えた。マガミも随分と親しまれるようになったなぁ。

さて、意識を模擬戦に引き戻す。

デックの剣を受けた感想としては……う〜ん、以前より力は上がっているが、技術面ではまだまだだな。やっぱり隙が多い。

「よっ」

「あ……」

「はい、終わり」

軽く攻撃を受け流し、相手の武器を絡めるようにして落としてから喉に木刀を突きつけた。

負けを悟ったのか、デックががっくりと項垂《うなだ》れる。

「……なぁ、俺の何が悪いと思う？」

すると、そんなことを聞いてきた。そう言われてもな。

「それを俺が答えていいのか？」

「むしろ頼む！　教えてくれ」

「そうか。なら教えよう……全部だ」

「え？　全部？」

頬を引きつらせるデック。

きっと、こいつなりに自己流で練習してきたんだろうけど、基本からなってない。

「魔法で体を強化しても、技があまりにお粗末だからな。それじゃあいくら強化しても無駄だ」

「う、ぐぅ……」

残酷かもしれないけど、こういうことは早く伝えておいた方がいいだろう。

「いいところは何もないってことか……」

「まぁ、剣術はそうだけど……そうだな。俺にここまで喰らいついた根性や、力と体力はかなりのものだと思うぞ」

「本当か！」

デックはガバリと起き上がり、興奮気味に俺の肩を両手で掴んできた。

「お、おう……ってか、近い近い！」

顔を逸らしてデックを引き剥がし、俺は聞いてみる。

「デックの剣は我流だろう？」

「あぁ、俺なりにやってきたんだけどな」

「一度、誰かに教わった方がいいと思うぞ。一人でやるには限界がある」

「う～ん、でも町に剣術を教えてくれる人なんていないし……」

確かに、言われてみればそうか。俺は屋敷にスワローという優秀な先生がいるけど、この町で剣を教えられる人がいるなんて聞いたことない。

剣術道場みたいな施設もないこの町で剣を習うとしたら、冒険者とかを頼るしかないのか。でも冒険者は、仕事以外でわざわざ子どもの剣を見るなんてことしなそうだ。報酬を払えば指導してくれるかもしれないが、どう考えても子どものデックにそんなお金はない。

何かいい案はないものかと考えていたら、デックが急に目を輝かせる。

「あ！　そうだ、だったらジンが俺に剣を教えてくれよ！」

「……はい？」

突然何を言いだすんだ、こいつは。

「俺が剣術を教えるって……無理に決まっているだろう」

「そこをなんとか頼むよ！」

「そう言われてもな……俺だって、家で剣を習っているだけの子どもに過ぎないんだぞ。人様に教えられるような立場じゃない」

これは面倒だから断ろう、とかそういうことではなく、俺の本心だ。この世界の剣術を教えられるレベルに、俺はまだ達していない。

「そんなことない！　この町じゃジン以上の先生はいないぜ！　俺、本気で剣を覚えたいんだよ！だから頼む」

ついには、デックは膝をついて頭を下げてきた。

なんだなんだ？　と町の人の視線が集まる。

「なんであのおにいちゃん、あたまさげてるのかなぁ？」

「きっと、おきぞくさまをおこらせたんだよ～」

「アフゥ……」

くっ、このままだとこちらを見ている子どもに、妙な印象を与えかねないぞ。それとマガミは呑気に欠伸をしてる場合か！　マガミにどうこうできる話じゃないけど。

「俺にはお前しかいないんだよ、ジン！　どうか俺の気持ちをわかってくれ！」

「まぁ……痴話《ちわ》喧嘩？」

「まだ子どもなのに、貴族様も複雑なのね」

「ちょっと待て！　その誤解はやめてくれ！」

通りすがりの婦人方に向けて、俺は必死に否定した。口調など気にしていられない。妙な勘違いをされるのは流石に勘弁願いたい。

デックは今や、俺の足に縋《すが》りついてきていた。

こいつ、必死すぎるだろ！　あぁもう！

「――し、仕方ない。俺が教えられることなんてたかが知れているけど、町に来た時だけ、基本的なことでいいなら付き合ってやるよ」

「ほ、本当か！」

「あぁ、だから手を放してくれ。そして立って普通にしてくれ」

「ありがとうな、先生！」

デックは立ち上がり、歓喜の声を上げながら抱きついてきた。だからそういうのやめろって！

「離れろ、もう！」

「あ、あぁわりぃ先生。嬉しくてつい、な」

「つい、で抱きつくな！　あと、先生はやめろ」

「え？　でも教えてくれるなら」

デックの言葉に、俺は首を横に振って言う。

「教えると言っても、別にそんなに大したものじゃない。それに先生だなんてむず痒い。いつも通り、普通に呼んでくれ」

「あぁ、わかった。ならこれからよろしく頼むぜ、ジン！」

「……はぁ、まったく。わかったよ――デック」

「おう！　それにしても……やっぱりジンは、今のしゃべり方の方が合っているぜ」

今のしゃべり方って……あぁそういえば、いつの間にかデックに対しては、素の「俺」口調で通すようになってしまった。

まぁなんとなく、デックにならそれでもいいかなって思えた。

とにかく、そんなわけで俺はデックに剣術を教えることになった。面倒なことになったたな――

◇◆◇

【デック視点】


「流石デック、よく考えたものです」

「うん？　なんだ、ラポムか」

ジンに剣を教えてもらうことになったあと、家に帰ろうとしたら、途中で出っ歯のラポム・バーモンドに声をかけられた。

ここ最近は俺が一人でジンを追いかけていたから、あんまり話すことがなかった。

しかし相変わらず、上品ぶったしゃべり方をするやつだな。テンパると急に口調が粗暴《そぼう》なものに変わるけど。

「流石って、なんのことだ？　俺は別に、お前に褒められるようなことはしてないぞ」

「またまた、とぼけなくてもいいですよ。さっき貴方、ジンと話していたんですよね。ペトが教えてくれましたよ」

ああ、杖持ちのペトか。俺たちの会話をどこかで聞いていたらしい。別に聞かれて悪いことでもないから構わないけど。

「貴方、あの男に剣を教えてもらう約束を取りつけたのですよねぇ？」

「そうだけど、それがどうかしたのか？」

俺がジンに剣を教えてもらうことは、ラポムには関係ないと思うんだが。

「しらを切らなくて結構ですよ。あんな男からまともに剣術を習うつもりなんて、貴方もないでしょう。つまり、これは奴を嵌めるための罠！　それで、どのようにしてあいつに恥をかかせるつもりですか？」

「は？　何言ってんだお前。純粋に剣を教えてもらいたいから頼んだんだよ。それ以外に何があるってんだ？」

「はい？」

俺が答えると、ラポムは腹の立つ顔で首を傾げた。大体、これまでの俺とジンのやり取りを見てもいないのに、何がわかるんだ。

「ちょ、ちょっと待ってください！　デック、貴方、本気で言っているのですか？」

「だから本気だって」

「何を馬鹿な……いいですか？　あのジンは、エイガ家の次期当主であるロイス様が毛嫌いしている弟。拙《せつ》は、あの男を調子づかせないように、ロイス様からよく言われているんです。貴方はそれを裏切ると？」

そうそう、ラポムは最近、「拙」とかいう一人称を使うようになった。よくわからないが、それが「一流の男性」の証なんだってさ。ただ、使い慣れてないみたいで、たまに普通の一人称になる。

「裏切るもクソも、それはお前が言われたことだろ。俺はそもそも、そのロイスって奴には会ったこともないんだし、命令に従う義理はねぇよ」

俺が言うと、ラポムは目をむいて言い返す。

「はぁあああ⁉　何を言ってるんですか！　大体貴方、最初はあいつへの制裁に協力していたじゃないですか！」

「まぁ、確かに最初はな。でもそれは、お前が『魔力もないくせにやたら偉そうにする、小生意気な奴がいる』って言うから、そんな奴ならお仕置きが必要だなと思って付き合ったんだよ」

「それなら、今からでも！」

「嫌なこった。あいつは、お前が話していたような男じゃなかったしな」

小生意気という点だけは、確かに俺も最初はそう思ったけど、でも決して偉そうにはしてないし、嫌な奴でもなかった。現に、善意で俺に剣を教えてくれるわけだし。

「とにかく、そんな話ならもう俺は行くぜ」

「ま、待ちなさい！　本当にいいのですか？　後悔しますよ！　貴方の家が農業を続けていられるのは誰のおかげだと思っている！　畑で採れた野菜を遠くまで運んでやっているのは誰だと思っているんだ！」

確かに農業を続けられるのも領主様のおかげといえばおかげだろうし、野菜をうちから運んで他の町まで売りに行ってくれているのはバーモンド商会だ。それは確かだけどよ。

「それは今の領主様やお前の親父がやっていることだろう？　なんでお前が偉そうにしているんだよ。そのロイスって奴だって、俺の家をどうこうできる力なんてないだろうが」

「え？　あ、いやそれは……」

急にしどろもどろになったな。図星ってことだろう。

「とにかく、俺はもうジンへの嫌がらせに付き合う気はない。それ以外の話なら、まぁ内容次第だけど聞かないこともないから。じゃあな」

そう言って別れを告げると、ラポムはそれ以上何も言わず、出っ歯な顔をぷるぷるさせて悔しそうにしていた。

あいつ、前はあんな奴じゃなかったんだけどな……ロイス様、ロイス様って言うようになってから、性格が悪くなった気がするぜ。

……あいつの企《たくら》みに荷担《かたん》していた俺が言うことでもないか。その分、今後はジンにしっかり感謝して剣を教わることにしよう――

◇◆◇

デックに頼まれて以降、俺は度々町に来ては、広場で剣術修業に付き合っている。正直こっちの世界の剣術を教える技術はないのだが、本人がどうしてもと頼んできたからな。

基本的なことなら教えられなくもないし、本人も覚悟があるみたいだから、できる範囲で指導する。

俺は今、町の広場でデックの型をチェックし、問題点を指摘していた。

「剣を振る時に体の軸をぶれさせるな。体のど真ん中に一本の芯が入っている気持ちで振るんだよ。体重の乗せ方もおかしい。足の開きはこう――」

我流で続けてきた影響で、妙な癖がついているな。それでもまだこれくらいなら修正が利く。色々と酷いが、直しようはある。まだ幼いというのも修正しやすい理由の一つだ。

あれこれ動きを直しているデックに、俺は一つ言い含めておく。

「それと、俺が教えている時は魔法の使用は禁止な」

「え？　なんでだ？　魔法を使った方がいいだろ？」

「それは大きな勘違いだな。強化魔法に頼りすぎると、基本の動き方が強化ありきになる。それじゃあ駄目だ。魔法はあくまで切り札くらいの感覚でいた方がいい」

俺みたいに、チャクラを循環させて強化を維持できるならともかく、魔法はそうもいかない。聞くところによると、デックは魔力がそんなに多くないそうだから、魔法に頼る戦い方は将来的にもよろしくない。

ただ、極端に魔法を使わないでいるのも勿体ないので、一人の時は魔法の練習をしておいてもらう。それでバランスを取っていく形だ。

方針を決め、しばらく打ち込みを続けさせる。

「そろそろ休むか？」

「まだだ、まだ頼むぜ！」

結構時間が経ったな、と思って声をかけたら、大丈夫とのことだった。四刻……こっちの世界では二時間か。それくらいの間は打ち込みを続けている。俺なら一日中やっていても平気だが、一般的な子どもとして考えるなら驚異的な体力と言える。

それとデックは、言葉で説明するといまいちピンとこない様子を見せるのだけれど、実際に動いて教えるとしっかり理解する。言葉よりも体で示した方が覚えやすいらしい。完全に直感で身につけるタイプである。

だがデックよ。いつだったか、お前は騎士に興味があると話していたことがあったけど、騎士になるにはある程度の頭も必要だぞ……まぁ今後の努力次第か。

「あ、お兄ちゃん。ここにいたんだね」

「あぁ、デトラか。どうした？」

ん？　何やら女の子が近づいてきて声をかけてきたな。

茶色の髪をお下げにした、可愛らしい女の子だ。何かデックを変な風に呼んだ気がするけど、それはきっと気のせいだろう。

俺が誰？　という目でデックを見ると、その視線に気づいて答えてくれる。

「あぁそうだ、二人が会うのは初めてだったな。デトラ、こいつは俺に剣を教えてくれている友達のジンだ。ジン、こいつは俺の妹のデトラだ」

「こんにちは。いつもお兄ちゃんがお世話になってます」

「え？」

俺は思わず、デックと、その妹を名乗る少女を見比べた。

容姿、体格、顔の大きさ、全てがまったく似ていない。あえて言うなら、髪と目の色が一緒くらいだ。あ、あと目とか口とか手足の数も。

俺がデックをジロリと見ると、怪訝な顔をして聞かれる。

「なんだよ」

「俺を謀《たばか》っているのか？」

「は？」

「いやいや、ありえないだろう。お前の両親って熊とかじゃないのか？」

「なんでだよ！　俺の両親は紛《まぎ》れもなく人だよ！　そしてこっちは本物の妹だよ！」

「馬鹿な！　ありえない。似ても似つかないじゃないか。さてはお前、どこかから……」

「変な誤解するな！　正真正銘俺の妹！　まぁ妹は母ちゃん似で、俺は親父似だけどな」

そうなのか。妹……母親似でよかったなぁ——としみじみしていると、デックの横で妹のデトラがクスクスと笑った。

「ジンさんって、面白い人なんですね」

「そうか？　デックの方がずっと愉快だと思うんだけどな。俺は真面目だし」

「自分で言うな、自分で」

デックが顔をしかめる。デトラはさらに笑顔になった。

すると、彼女の視線が俺の足元に移る。そこには、伏せをしているマガミがいた。

こちらも一応紹介しておく。

「ちなみにこっちは、俺の大事な友達のマガミだ」

「ガウガウ」

「へぇ〜。銀毛で、とても綺麗ですね。この子は狼ですか？」

デトラが聞いてきた。ふむ、妹は兄よりも大分賢いようだ。何せマガミがすぐ狼だとわかったからな。

「そうなんだ。よくわかったな」

「はは、見ればわかりますよ〜」

「見てもさっぱりわからなかったのもいるけどな」

「う、お前、そういうことはよく覚えてるな……」

バツが悪そうに頬を掻くデック。安心しろ、世間的には優秀らしい俺の兄貴も同レベルだ。

触ってもいいですか？　とデトラが聞いてきたので、いいよと答えたら結構しっかりモフっていた。

マガミは嬉しそうにしている。

マガミを撫でながら、デトラはデックに言う。

「お兄ちゃんが最近、前よりもっと剣の稽古を頑張ってるのは、ジンさんのおかげだったんだね」

「そ、そんなことないって。修業を頑張れるのは、俺の意志が強いからだよ」

デックが照れくさそうに返した。

デックは一度決めたことには真剣に向き合える、そんな男だ。そういう奴は嫌いではない。

「そうだお兄ちゃん、畑の手伝いに早く来いってお父さんが言ってたよ。せっかく剣を教えてくれているジンさんには申し訳ないんですけど……」

マガミを構っていた手を止めて、デトラが告げた。

そういえばデックの家は農家だったか。デックは俺から剣を習いながら、しっかり家の手伝いもしている。

「あ！　いっけね、忘れてた。悪いな、ジン」

「あぁ、まぁ俺もそろそろ帰らないといけないしな。じゃあ、今日はここまでにしよう。しっかり自分でも復習しておけよ」

「わかってるよ。じゃあな」

「ジンさん、ありがとうございました」

デックが手を振りながら走り去ったあと、デトラは丁寧に頭を下げ、小走りで可愛らしく戻っていった。

兄妹か……俺に妹はいなかったが、デトラを見て何故か日ノ本の姫様を思い出した。初めて出会った時、姫様は十歳だったな。その時俺は十八歳だった。

そしてそれから二年後……いや、よそう。過ぎたことだ。今はただ、姫様が無事であることを祈るだけ——

◇◆◇

【スワロー視点】


私の一日は、朝、水浴びで身を清めることから始まります。

中庭を含めて数ヶ所にポンプが設置されており、そこから出る水を桶に溜め利用します。ちなみに水浴びをする場所は決まっており、そこには木製の仕切りが存在します。

ただ、木製ゆえに穴が開いてしまうこともあり、忙しい場合は修理を後回しにすることもしばしば。

さて、私が今日も水浴びをしていると、数日前にできた仕切りの穴から視線を感じました。

「誰ですか！」

仕切りを軽く開いて声を上げると、覗いていたであろう誰かが逃げていきました。

ちらりと見えた背中は、見覚えのあるものだったのです——

「おいスワロー！　私をこんなところに連れてきて、いったいなんの用だ！」

数時間後、私がロイス坊ちゃまを空き部屋に呼ぶと、ロイス坊ちゃまは不機嫌そうに言いました。

最近、ロイス坊ちゃまは妙にイライラしていることが多いです。

バーモンド商会がエイガ家に訪れる際、ロイス坊ちゃまと仲のいいラポム様もご一緒に来ます。

数日前、そのラポム様とお会いになって以降、なんだかイライラしている様子です。

もしかしたらそのことが原因で、あのようなことをなさったのかもしれませんが――

ともかく、私は静かな口調で切り出します。

「……実は今朝方、私が水浴びをしていると、どなたかの視線を感じまして。ロイス坊ちゃまは何かご存知ではないかと思ったのですが……」

「な⁉　ふ、ふふふっ、ふざけるな！　き、貴様は、こ、この私が、まさか、の、覗きなどという不埒《ふらち》な真似をしたと、そ、そう言っているのか！」

遠回しに伝えると、もの凄く動揺しております。清々《すがすが》しいほどわかりやすいですが、だからといって本人に認めさせる前に決めつけるわけにはいきませんね。

「勿論、そのようなつもりは毛頭ありません」

「ふ、ふん！　だ、大体貴様の裸など、だ、誰が、見たいものか！　少し、その、なんだ、おっぱいが大きいからって自惚れているのではないか？　だから覗かれたなどという勘違いをしてしまうのだろう。そうだ、貴様の気のせいに決まっている。きっとそうなのだ！」

坊ちゃまは私の勘違いということで乗り切ろうと思っているようです。

私だけの問題であれば、そういうことにしておこうと思ったのですけれど……

「その、確かに気のせいという可能性もないとは言い切れませんが……実は他にも、メイドの何人かが覗かれたと相談に来ておりまして」

「ふぁっ⁉」

そうなのです。実は数日前から、当家のメイドから覗きの被害に遭ったと話を聞いておりました。

そして全員、口を揃えてロイス坊ちゃまが犯人だとも……

子どものすることですから、あまり目くじらを立てても仕方ありませんが……エイガ家のご子息である以上、こういった行為を続けるのは好ましくありません。

「とにかく、私も含めて今後はより警戒を強めていきます。勿論ロイス坊ちゃまのことは信用しておりますが、あらぬ誤解を抱かれぬよう、私やメイドが水浴びしている時間には仕切りのそばには近づかない方がよろしいかと思い、お話をさせていただきました」

「くっ、それではまるで一連の犯人は私だと言っているようではないか！」

ロイス坊ちゃまが目を吊り上げて声を荒《あら》らげました。できるだけ穏便にと思っていたのですが、むきになってしまいましたね……

「だ、大体、そのような覗きなどという卑怯な真似、あの愚弟であるジンの仕業《しわざ》に決まっている！」

「……ジン坊ちゃまにはあとから話を伺おうとは思っております」

「ふざけるな！　何故私が先なのだ！　真っ先にあいつを疑うべきであろう！」

ジン坊ちゃまではないことは確かなので、とは言えませんね。

「他意はございません。丁度ロイス坊ちゃまの姿をお見かけしたので、先にお声掛けしたまででございます」

「ふん、どうだかな。大体私は、日頃から貴様には不満があったのだ」

「不満でございますか？」

「そうだ、スワロー。貴様はどういうつもりか知らんが、いつもあの愚弟だけ特別扱いをしている！　私には何もしてこないくせに、だ！　常につきっきりであんな奴に剣など教えおって！」

ロイス坊ちゃまは、私がジン坊ちゃまに剣の稽古をつけていたのが気に入らないご様子です。

しかし、それは致し方がないことでしょう。私には剣術とは違い、魔法を教える才能などないのですから。

「それはジン坊ちゃまには剣の才能があり、その才能を伸ばす上で私の経験が役立つと、旦那様と私の考えが一致した結果です。ロイス坊ちゃまのご指導に私が携わらないのは、ひとえに私に魔法の才能がないゆえです」

「ふん、そんなことを言うが、本心では違うのだろう？　お前とて馬鹿ではない。将来を見据えてあいつに取り入ろうという魂胆《こんたん》があったからこそ、剣の指導など買って出たのではないか？　だが無駄なことだ。あのような愚弟、エイガ家にとっては百害あって一利なしの存在。そんな者に取り入っていったい何が得られるというのか」

「坊ちゃまは何か勘違いされているようですが、私は決して取り入ろうなどと考えているわけではございません。先にも述べた通り、ジン坊ちゃまには剣の才能があります。そして私は、一度は剣の道に生きた身。ゆえに少しでも私の経験がお役に立てばと、僭越《せんえつ》ながらご指導をさせていただいているのです」

悲しいことですが、ロイス坊ちゃまの目には、私が自らの出世のために仕方なく剣を教えているように見えていたみたいです。それは違うと説明しても、ロイス坊ちゃまが納得するかどうか――

「ふん、たかだか父様の愛人風情が偉そうに」

しかし、その直後ロイス坊ちゃまの呟いた一言に、私は耳を疑いました。

「ロイス坊ちゃま、今なんと?」

「なんだ、その顔は？　はは、まさか私が知らないとでも思っていたのか？　だとしたらおめでたい奴だ。本来、女のお前が執事をやっていることはおかしい。これは以前、大叔父様が言っていたことだがな」

ここで、あのお方が話題に出てきますか。

そのようなとんでもないことをロイス坊ちゃまに吹き込んだのは、大叔父殿だったようです――

確かにロイス坊ちゃまは、あの方に随分と懐いておりました。しかし、子どもにそんなことを吹き込むとは……

「つまりだ、父様がお前を取り立て、よりよい待遇を与えているのは、貴様が父様の愛人だからということだ。前に大叔父様も、手元に置いておきたい女がいるなら、特別扱いして他の女とは違うんだということを示してやるのが一番だと言っていたしな。おっと、だからといって私は父様を軽蔑したりはしないさ。貴族であれば外で女の一人や二人」

「取り消しなさい！」

「……は？」

思わず語気が強くなります。大叔父殿がなんのおつもりでそんなことを言ったのかは知りませんが、これは正さなければいけないこと。

ロイス坊ちゃまは、引きつった笑みを浮かべます。

「は、はは、何をムキになっている？　安心しろ、私は母様に余計なことを言うつもりは」

「黙りなさい。貴方は今、自分が何を言っているのかわかっているのですか？」

「なんだと？　き、貴様！　ただでさえ覗きなどというあらぬ疑いをかけておいて、なんだその態度は！」

「何を言われようと、旦那様に対する今の発言だけは見逃すわけにはいきません。貴方はエイガ家の嫡男《ちゃくなん》として恥ずかしくないのですか？　そのような下種《げす》の勘ぐり……恥を知りなさい！」

「な、き、貴様、この私を誰と心得る！」

「心得ているからこそ申し上げているのです。まず、大叔父殿が何故そのようなことを申されたかは知りませんが、私と旦那様との間に坊ちゃまの考えるような関係は存在しません。私は旦那様を尊敬し、奥様を敬愛しております。そのお二人を裏切るような真似は決していたしません」

「……」

「ゆえに、お二人を貶める今の発言は、決して許せることではないと申し上げているのです。いくら大叔父殿に言われたからといって、エイガ家の嫡男という立場にありながら、自らのご両親の品位を下げる発言をしてはなりません！　さぁ、今すぐ取り消しなさい！」

「……くそ、黙って聞いていれば生意気なことばかり！　もういい、私は不愉快だ！」

「ロイス坊ちゃま、勝手に話を打ち切られては困ります。私は今の貴方の発言に」

「黙れ！　たかが執事が偉そうにするな！　まったく、メイドといい、我が家の女は揃いも揃って間抜けばかりか！　いいか！　覗きの件にしても、私が父様に報告するだけで、疑いをかけた馬鹿共全員を我が家から追い出すことだって可能なのだからな！　将来が約束された私には、それくらいの力があるのだ！」

なんということでしょう。まさかこのような傲慢《ごうまん》な考えまで持っているとは――これは致し方ありませんね。

「……失礼いたします」

「何？」

私はロイス坊ちゃまに近づき、素早く抱え上げます。

「な、なんだおい、どうしたというのだ！」

私はそのままベッドの上に腰かけました。

「うん？　な、なんだこんなところで、ま、まさか色仕掛けなどというつもりではあるまいな！」

何やら勘違いしているようですが、私は無言で坊ちゃまをうつ伏せの状態で膝の上に下ろし、ズボンと下着をずり下げました。

「な⁉　お、おい、いきなり何を…」

「参ります」

「へ、参る？」

――スパァアアァアアアン！

「い、いったぁあああぁあああぁあああぃ！」

「痛いですか？　ですが坊ちゃま、貴方の発言は少々目に余りますので、このままお尻を叩かせていただきます」

「は？　はぁ⁉　き、貴様何を言っている！　あ、頭がおかしいのか！　私はエイガ家を背負って立つ男だぞ！　それなのに、こ、こんなこと、許されるわけない！　と、父様に言ってクビにしてもらうからな！」

「どうぞ好きなだけご報告なさってください。ただ、私は旦那様から、お二人のご子息の躾《しつけ》に関してはある程度の権限をいただいております。それを踏まえてのちほど旦那様に判断していただきましょう。ともあれ、今回の発言は目に余ると判断し、お尻百叩きとさせていただきます」

「な、百だと、貴様ふざけ」

「参ります」

「いったぁあああぁあああぃ！　ちょ、待てよ！　壊れる！　僕の気高いお尻が壊れる！」

「そう簡単に壊れませんので、ご安心を。これは浄化です。貴族としてあるまじき言動、ロイス坊ちゃまは大いに反省してください」

「ま、待て待て、だから、い、いったあああああぁあ！　ひぃいい、あ、いったぁああああぁ！　くそ、どうして、どうして僕がこんな……」

ロイス坊ちゃまが涙を流して泣き言を口にし始めました。口調もすっかり昔のものになっています。少々心苦しくもありますが、ここは非情に徹《てっ》させていただきましょう。

「くそ、覚えておけよ！　絶対に、絶対に貴様を許さんからな！」

「まだそのようなことを！」

「あいったぁああああああぃ！　畜生《ちくしょう》、畜生……」

こうして私がロイス坊ちゃまにお仕置きを執行している時、ガチャリと扉が開きます。

「スワロー、ここにいるのかな？　ちょっと聞きたいことが……」

続いて、ジン坊ちゃまがそう言いながら中に入ってきました。

そして私とロイス坊ちゃまを交互に見て、奥様譲りの黒髪を撫でるように頭に手をやり……

「…………」

——パタン。

無言でドアを閉めました。

「ちょっと待てぇええええぇぇえええ！　く、スワロー、い、今愚弟に、愚弟に見られたぞ！」

「何か私にご用があったようですね。安心してください、この件についてはあとでしっかり説明いたしますので。それよりも、実の弟に対してそのような呼び方……やはりお仕置きが必要なようです」

「ふ、ふざけるな！　愚弟は愚弟だ！　そしてあんな馬鹿にこんなことを説明するな！」

「参ります」

「ま、待て、もう、い、いったぁあああぁあああぁぃ！」

こうして私は宣言通り、ロイス坊ちゃまのお尻を百回叩きました。坊ちゃまはなかなか強情でしたが、最後には涙を流しながら覗きの件を認め、謝罪の言葉を述べたのでした。

これで少しは反省してくださるといいのですが——

◇◆◇

【ロイス視点】

「父様、失礼します」

「……ロイス、私の部屋に入る時はノックくらいしろ」

「は、は！　申し訳ございません！」

スワローに尻を叩かれたあと、怒りの収まらない私は、ついつい感情に任せてドアを叩くことも忘れて父様の部屋に入ってしまった。

おかげでいきなり叱られてしまったではないか！　くそ、それもこれも全てあのやたらとおっぱいのデカい執事と愚弟のせいだ！

尻も痛いし、ヒリヒリするしで最悪だ！　くそ！

「それで、私に何か用か？」

「は！　実は一つお願いが！」

「お願い？　なんだ？」

「はい！　スワローをクビにしてください！　いや、それだけでは足りません！　あの者は次期当主たるこの私に、とんでもない無礼を働きました！　今すぐに捕らえて罰をお与えください！　奴隷の身分に落とすのがよろしいかと私は思います！」

ふふ、言ってやった。言ってやったぞ、スワロー！

私が受けた仕打ちを報告すれば、父様は間違いなく動く。そうすれば奴は捕まり、領主である父様の権限で奴隷身分になることだろう。

そしたらまぁ、私の足元にひざまずかせて飼ってやらないでもないかな。

「……尻が痛そうだな」

「へ？」

父様の視線が書類から私に向けられた。

思わず尻を押さえたけど、これは逆にチャンスだ。

「そ、そうです父様！　あの執事は私の尻を、なんと百回も叩いたのです！　屋敷に仕える使用人としてあるまじき行為！　厳罰に処すべきです！」

「お前は何もしなかったのか？」

「はい？」

「だから、ロイス。お前がスワローを怒らせるような真似をしたのではないか？　と、そう聞いているのだ」

父様がジロリとこちらを睨む。

私の心を見透かすような視線が痛い……だ、だけどあんなこと言うわけにはいかない！

「な、何もございません……」

「ロイス、私の目を見てしっかりと答えよ」

くっ、お、思わず目を逸らしてしまった。

改めて父様の目を見るけど……こ、怖い……物凄い威圧を感じる。

駄目だ、下手にごまかせない。な、ならば！

「そ、その、私はあの者の胸を、その、大きくて大変ではないか？　と気遣って声をかけたのです！　それなのに何を勘違いしたのか！　あやつが急に怒りだし！」

「……ふぅ、なるほど。つまりお前はスワローによからぬことをしたと、そういうことだな？」

「な！　さ、さてはあの女、父様に何か言ったのですね！　でたらめです！　私は何もしていない！」

くそ、スワローめ、こういう時だけ動きが素早い。私に隠れてコソコソと告げ口するような真似を！

しかし、父様の言葉は予想外のものだった。

「スワローは何も言っていない。彼女とは、今日は朝に挨拶を交わした程度だ。今のは、私の推測でしかない。ロイス、よく覚えておけ。それは語るに落ちる、というのだ」

「へ？」

「何も負い目がなければ、今のようにムキになることはないだろう。まだまだ精神が未熟な証拠だ。だからこそ、屋敷に仕える執事に恥知らずな真似ができるのだろう」

「そ、それは、その」

「それとも、『違う』と言い切れるのか？　どうなのだ、言ってみろ！」

「あ、う……」

私は、何も言い返せなかった。これ以上何を言っても、きっと父様には通じない。

で、でも！

「そうだとしても、た、たかが執事が私の尻を叩くなど無礼が過ぎます！　あのような者、我がエイガ家にはふさわしくありません！」

「私はスワローに、屋敷に関するある程度の権限を持たせている。躾についてもそうだ。あやつがお前にそれだけのことをしたということは、お前の言動がさぞかし度の過ぎたものだったのだろう」

「そ、それは……」

「それとお前は勘違いしているようだが、スワローは私が直接交渉し、頼み込んで我が家の執事になったのだ。スワローは畑違いの仕事だと当初は難色を示したが、彼女が騎士としてだけではなく、あらゆる面で優秀であったことを私は知っていた。もしここが気に入らなければ、いつ辞めてくれても構わないとさえ伝えている」

「え？　そ、そこまで……」

「そうだ。そしてもしここを辞したと知ったら、あやつを執事に招き入れたいと思う者は多いだろう。私はこれから、この家の長として、お前がした無礼を謝罪に行く。あの者の代わりなど、私の知る限り他にいないからだ。さぁどうする？　ロイス、お前の行った浅慮《せんりょ》な行為一つで、それほどまでに優秀な人材を失いかねないのだぞ？」

「あ、ぐ……」

と、父様がそこまで言うほどの女だったなんて……信じられない、魔法の才能もない、おっぱいが大きいだけの女がそんな……

愕然《がくぜん》としていたら、父様がため息をついた。

「……ふぅ、ロイス、私はお前の魔法の腕には才能を感じているのだ」

「は、はい！　ありがたき幸せ！」

「……だから今は、余計なことなど考えず、魔法の訓練と勉強に心血を注げ。近頃は領主の真似事をしているようだが、お前はまだ子どもだ。今は伸ばせる長所を伸ばせ。領主としての威厳や貫禄《かんろく》なんてものは、そうすればある程度ついてくる。わかったな？」

「……は、はい」

「ふむ、ならばいい。今言ったように、スワローには私の方から謝罪しておく。それと、どうもお前には使用人への感謝の気持ちが足りない気がするな。弟のジンは積極的に手伝いを買って出ているのに、それではいけないだろう。これを機に、お前もしばらく使用人の仕事をやり、その大変さを学ぶといい」

「え！　えぇ！　私がですか！」

突拍子もない話に、私は驚きの声を上げる。

「なんだ、不満なのか？」

「い、いえ……ですが、その、魔法の勉強もありますし」

「勿論それもしながらだ。そのこともスワローに言っておく。とりあえず一ヶ月ほどやってみろ。毎日お前の仕事ぶりを報告してもらうが、手を抜きでもしたらさらに伸ばすからな。しっかりやれよ」

「そ、そんな！　私が使用人ごときの仕事なんて！」

「ごとき？」

父様がギロッと睨んだ。

「あ、いや、その……」

「……二ヶ月だな」

「ふぇっ⁉」

「文句があるのか？」

「ぐ、い、いえ、ありま、せん――」

「ならば下がるがよい。私は色々と忙しいのだ」

「はっ！」

結局私は、父様の印象を悪くしただけで退室した……

使用人の真似事までさせられるなんて！　くっ、何故だ、スワローといい、愚弟といい、何故こうも上手くいかない！　くそ！　くそ！

◇◆◇

デックに剣を教えるようになってから三ヶ月が過ぎた。

俺と比べたらまだまだ動きがなっていないが、それでも最初の頃に比べたら大分マシになったと思う。同年代の中で腕を競えば、間違いなく一番になるだろう。

今日も俺が町に下りようとしたら、出がけにスワローが声をかけてきた。

「坊ちゃま、少しよろしいでしょうか？」

「うん？　何かあったかい、スワロー」

「はい。実はここ最近、町近くの森に魔物が出ると言う噂が流れております。街道に出たという話は聞きませんし、魔物と言っても最下級とされるゴブリンではありますが、どうかご注意を」

「ゴブリンか……うん、ありがとう。気をつけるよ」

教えてくれたスワローに感謝し、俺は屋敷を出る。

しかし、ゴブリンねぇ……

「実は既に、何度か遭っちゃってるんだよな」

「キキー」

「ガウ」

町に下りる途中でそう独り言を呟くと、一緒に歩いていた猿やマガミが反応した。

猿たちやマガミとの修業は今でも続けている。で、その修業中に、何度かゴブリンを見ていた。襲われたこともあったな。

ゴブリンは、日ノ本で言えば子鬼みたいな姿の生物だ。背丈は今の俺より少し低い程度。肌は緑色で、頭から一本の短い角が生えている。

ゴブリンのような存在を、こちらの世界では魔物と呼ぶ。

魔物は基本的に人型で、獣より高い知性を持っている。場合によっては、道具を使ったりもするんだよな。たとえば、ゴブリンなんかはどこかで拾った剣を使ったり、尖《とが》った石と木の棒を蔓《つる》で縛って槍にしたり、石斧を作ってみたり……とにかく、攻撃方法は様々だ。

中には罠を張るような奴もいるらしい。この狡賢さは、日ノ本の妖怪に通ずるものがあるな。

ちなみに獣と区別される相手としては、魔物の他にも魔獣や竜というものがいる。魔獣は獣と同じような見た目だが、獣よりさらに凶悪で頭がいいとされる。竜はこの世界における食物連鎖の頂点にいる存在とのことだ。どちらも、獣にはない特殊な力を持っていたり、強大な魔法を行使したりするとか。

竜なら日ノ本にもいたが、こちらの書物を読む限り、見た目などがそれとはかなり異なってそうだ。

とにかく、魔物のゴブリンを相手取った感想だけど、俺からしたら大した相手ではなかった。

まぁ、ゴブリンは単独では、冒険者の間でもそれほど手強《てごわ》い相手じゃないとされているけどね。

ただし、問題は数がすぐに増えるということだ。ゴブリンは徒党を組むと、途端に厄介になる。

増やし方も尋常ではない。ゴブリンは他の生物の雌《めす》を利用して繁殖《はんしょく》するのだ。

繁殖は馬でも牛でも可能らしいのだが、特に人間や、人間に姿形が近い種族との交配を好む傾向にあるらしい。一説によると、その方が強力なゴブリンが生まれやすいからとか。

狙われる人間はたまったもんじゃないよな。ま、でもそういうのは冒険者がなんとかするんだろうし、俺は積極的に関わるつもりはないけどね――


町に下りてからはいつも通り、デックに剣の稽古をつける。

だけど、いつもと比べて、今日はどうもデックの動きにキレがない。

なんだろう？　顔色も優れないし、疲れが出ているんだろうか？　この年代の他の男児と比べたら桁違いの体力を持ち、常に元気が有り余っていそうなデックだが、それでも人の子だ。ひょっとしたら、俺の見ていない時に自己練習を続けすぎて、疲れが溜まっているのかもしれない。

「なんか、調子悪そうだな。顔色もあんまりよくない。疲れているなら今日はもうやめておくか？」

「あ、ごめん。別に疲れているわけじゃないんだ。ただ、ちょっと精神的に参っていてな」

は？　今こいつ、精神的に参っていると言ったのか？　それはつまり、デックが頭を使って悩んでいるというのか？　そんな馬鹿な。悪い冗談だぞ。

あ、そうか、さては！

「昼飯に嫌いな食べ物があったんだな。それとも肉が少なかったとか？　気持ちはわかるが、食べられるだけでもありがたいと思わないと」

日ノ本では、戦が始まると、農民はやってきた武士たちに根こそぎ食糧を持っていかれていた。そうなると、その日食べるものにありつくのも大変になる。それを考えれば、食べ物の好き嫌いなど言っていられない。

まぁ別に、こっちで戦があったというわけではないのだが。

しかし、デックは目をむいてツッコんできた。

「ちげーよ！　そんなわけないだろう！　俺をなんだと思ってるんだよ」

「脳筋」

「俺、基本的にお前には感謝してるけど、ちょっとデリカシーが足りないところあるよな」

もっと気配りをしろと言いたいのか。馬鹿言うな、俺は常に気を遣って生きているつもりだぞ。

まあいいや、詳しく聞いてみよう。

「それで、実際何かあったのか？」

「うん？　あ、あぁ。実は母ちゃんが病気になってな」

「病気？　風邪とかか？」

「え？　あ、あぁ、そうなんだよ。それで結局、今日の朝飯も少なくて」

「はは、なんだ、結局ご飯じゃないか」

「いや、そうなんだよ。調子が出なくてさぁ」

まったくこいつは。

だけど、風邪とはいえ、こじらせると大変だからな。

「まぁ、そういう事情なら早めに切り上げた方がいいかもな」

「そうだな……悪いな、なんか」

「気にするなって」

ということで、訓練を切り上げてデックと別れる。それから久しぶりに町をぶらついたあと、屋敷に戻ることにした。

しかし、風邪か。こちらの世界には色々な薬があるから大丈夫だとは思うが。

「ま、俺たちも病気には気をつけないとな」

「ガウ！」

◇◆◇

「おい愚弟、知っているか？　領内で随分とゴブリンが増えているんだ」

「それは知ってるよ兄さん」

翌日、中庭でマガミと遊んでいると兄貴がやってきて、何故か得意げにそんなことを言ってきた。

俺は最近、剣の稽古でスワローといることが多く、兄貴は兄貴で魔法の先生について勉強をしているから、あまり話すことはなくなっていた。

最後に見たのはスワローに尻を叩かれている姿だったかもしれない。そういえば、あれから兄貴は俺を避けていた気がするな。まぁ子どもなんだから、叱られて尻を叩かれるくらいあるだろう。

スワローがあれほど怒るのは初めて見たから何をしでかしたのか気になったが、別に聞いてはいない。

兄貴が近づいてこないと厄介事が減って、俺としては助かっていた。久しぶりに話しかけられたわけだが、やはり面倒事の匂いしかしない。

兄貴は薄ら笑いを浮かべ、言葉を続ける。

「はは、お前でもそれくらいのことは知ってたんだな。それならこれは知っているか？　この私が、父様が結成したゴブリン討伐隊のメンバーに選ばれたことを！」

なるほど、ゴブリンについてはいずれ父上が対策を講じることになるかなと思っていたけど、早かったな。

父上が冒険者ギルドにゴブリン討伐の依頼を出したのは、町の噂で知っていた。その上で私兵を投入して、一気に叩くつもりなんだろう。ゴブリンの活動範囲は広いから、冒険者だけでは倒しきれない可能性もあるし、女性の冒険者も交じっていたら……あまり気分のいい話じゃないけど、万が一やられた場合はゴブリンの繁殖に利用されてしまう。

数が増えると厄介なゴブリンは、当然早い段階で叩くのが望ましい。そう考えれば、ここで討伐隊を組むのは正解か。

だけど、それに兄貴が加わるって……大丈夫か？

「ジン、お前はこの私に負けまいと必死に剣を練習してきたのだろうが、ゴブリン討伐に選ばれたのは私だ。父様は私の魔法を選んだのだ。お前の剣ではなく！」

兄貴は俺の顔に向けて指を差し、勝ち誇った顔で言ってきた。

だけど俺からすれば、あぁそうですか、といった感じで、別にそれ以上はなんとも思わない。

「よかったね兄さん。勿論僕なんかより兄さんの方が優秀なんだから、それは当然の結果さ。頑張ってきてね」

俺が言うと、兄貴は何故か顔をしかめてしまう。

「……ふん、なんだそれは？　張り合いのない奴だ。やはり貴様は愚弟だな。向上心がなくてつまらん！」

それだけ言い残して去っていった。そもそも俺には張り合うつもりがないわけだが。

「坊ちゃま、あまりお気になさらぬよう」

するとスワローがやってきて、一部始終を見ていたのか俺を気遣う台詞を言ってきた。だから全然気にしていないんだがなぁ……

「大丈夫だよ、スワロー。でも、兄さんは凄いね。ゴブリンを相手にできるくらいの魔法が使えるようになったんだ」

これはちょっとした探りである。どうでもいいとは思うものの、一応だ。

「それが、実は今回の討伐について、旦那様はロイス坊ちゃまの参加は考えていなかったのです。しかし、どうしてもと坊ちゃまが頼み込み、あくまで最後尾での補佐として、という条件つきで許可を出しました」

なるほどね、道理で。

いくらゴブリンがそこまで強くないとはいえ、群れで来られたら兄貴の魔法でどうにかできるとも思えなかったからな。スワローのおかげで合点《がてん》がいった。

スワローは続けて言う。

「それと、討伐には私も参加することになりました」

「それは納得できるよ。スワローは今でも剣の達人に引けを取らないし」

「ありがとうございます。一度は一線を退いた身ですが、知識面も旦那様に買われ、参加することとなりました」

スワローの剣の腕はよく知っている。ゴブリン程度の相手ならまるで問題にならない。

続けて、スワローはこう言った。

「討伐隊は、本日から動くこととなります。森を見回り、ゴブリンの巣を捜索するのです。そのため、坊ちゃまの稽古がつけられなくなるのは心苦しいのですが」

「そういう事情があるなら仕方ないよ。ゴブリンの脅威を取り除くことが先決だし」

「ご配慮、痛み入ります。しかしいつからか猿が人を襲わなくなったかと思えば、今度はゴブリンの問題ですからね。なかなか落ち着かないものです」

「はは……」

とりあえず、笑っておいた。猿が人を襲わなくなったのは、俺が指示したからなんだけどね。

「それでは、そろそろ時間となりますので。坊ちゃま、町に下りる時はお気をつけくださいね」

スワローが下がっていった。

気をつけるように言われたけど、町に下りるなとは言っていなかったな。わりと信用されているのかもしれない。

ただ、討伐隊が森を探索して回るなら、今日は猿たちとの訓練はやめた方がいいか。

俺は屋敷を出て、人がいないところで猿を一匹口寄せした。討伐隊が森を歩き回るから身を隠しておくよう、エンコウたちに伝えてもらうためだ。

エンコウと子分猿はもう人を襲っていないが、それでも見つかったら攻撃される可能性がないとは言えない。何より、あの兄貴が同行するらしいからな。調子に乗って猿まで狩ろうとするかもしれない。あんな奴にやられるような猿じゃないけど、相手にするのも面倒だろうし。

さてと、伝えることは伝えたし、俺も町に下りるか。

「行くか」

「ガウ！」

「そっちは頼んだぞ」

「ウッキィ～」

そして猿を見送ったあと、俺はマガミと町に下りていくのだった。

◇◆◇

【スワロー視点】


エイガ領にゴブリンが蔓延《はびこ》り始めました。

当初は旦那様が冒険者ギルドに要請してゴブリン狩りをさせておりましたが、既にかなりの数が多方に散開している状態であり、成果は芳《かんば》しくないようです。

そのため、いよいよ討伐隊が結成されることとなりました。

屋敷の私兵で構成される部隊に関しては、旦那様自らが指揮を執《と》られます。また、町に駐在する兵士たちからも選抜され、既にいくつかの部隊に分かれて出陣しております。

私たちは屋敷を出て、街道ではなく木々の生《お》い茂る森を下っていくことになりました。

ゴブリンは狡賢く、自分が不利と感じた時は積極的に襲ってきません。

そのため、大人数で隊列を組んで街道を進んだところで、ゴブリンに遭遇する可能性は低いのです。

かといって、バラバラで行動するのは愚策です。ゴブリンは基本的に、数に任せて攻めてくるからです。特に、報告の通りかなりの数が跋扈《ばっこ》している状況となると、ゴブリンが単独で動くようなことはまずないでしょう。また、原始的な罠を張れる程度の知能も持ち合わせていますので、その点にも注意が必要です。

「このロイス・エイガがいる限り、ゴブリンに後《おく》れを取るようなことはない。全員、いつでも頼ってくれていいぞ！」

その時、後方を歩いていたロイス坊ちゃまが意気揚々と言いました。ロイス坊ちゃまは旦那様より少し手前を、兵士たちに囲まれながら歩いています。その後ろにはきっちりと殿《しんがり》がついている形です。

ロイス坊ちゃまは、その手に杖を持っていました。普段は成長を阻害しないよう杖を持つことは禁じられておりましたが、流石にゴブリンを相手にするとあって、今回は装備することを許されたのです。

屋敷には、留守を任せるために何人かの兵士が残されておりますが、討伐隊にかなりの数を割《さ》いています。

旦那様と行動を共にする兵士は十二名。

あまり多くてもゴブリンは近づいてこず、かといって少なすぎては危険。

このくらいであれば、バランスが取れております。

「ゴブリンがいたぞ」

と、ロイス坊ちゃまの一人の兵士が声を上げました。

だからといって、ここで慌てて追いかけてはいけません。ゴブリンは動きが素早いのです。

それにゴブリンの小柄な体格は、こういった森の中では有利に働きます。樹木の間をスイスイ縫うように動くため、並みの人間の身体能力では、追いかけるのも一苦労です。

しかも、このような場合は大抵は囮《おとり》です。下手に追いかけると罠に嵌められ、分断したところを叩かれる恐れがあります。

「お前たち、ついてこい！　さっさと倒してしまうぞ」

「え？　あ、待って、お待ちください！」

しかし、ロイス坊ちゃまは兵の声を聞くやいなや、二人の兵士を引き連れて勝手に移動を始めてしまいました。私が制止するも、聞く耳を持ちません。

「待てロイス！　馬鹿息子が……スワロー」

「はっ――」

苦い顔でこちらを見た旦那様に、私は短く頷いて答えます。

困ったものですね……あれでは思うツボです。丁度ロイス坊ちゃまの近くに現れたのがよくありませんでした。

情けないのは護衛していたはずの兵士です。一緒についていって、どうしようというのか。

仕方がないので、私はロイス坊ちゃまたちを追いかけます。

すると、ロイス坊ちゃまが詠唱を終えたところを見つけました。

「喰らえ！　ファイヤーボール！」

「グギィ！」

ロイス坊ちゃまが杖を掲げて放った火球が、ゴブリンに当たりました。火球は小爆発を起こし、ゴブリンの腕が焼けただれます。体のあちこちも黒焦げです。

その威力はなかなかのものです。魔法の指南役から、そこらの魔法士より練度が高いと評されるだけのことはあります。杖を手にしたことで、さらに威力が上がっていますね。

ピンチに陥ったゴブリンですが、助けに来る仲間の姿はありません。しかし、これは囮作戦の一種でしょう。ゴブリンは仲間の命を軽視する傾向にある魔物ですから。

ロイス坊ちゃまが、負傷したゴブリンにとどめを刺そうと近づいた時です。

藪《やぶ》の中から、ゴブリンがわらわらと出てきました。その数は全部で八匹。

ロイス様と二人の兵士は、あっという間に囲まれてしまいます。

「な、なんだ、数が増えた！」

「くっ、やっぱりあいつは囮だったんだ！」

二人の兵士が、緊迫した声を上げました。

「え？　囮？」

しかし、ロイス坊ちゃまは状況が掴めていないご様子。

「とにかく、絶対にロイス様は傷つけさせるな」

護衛の兵士が必死にロイス坊ちゃまを守ろうと武器を構えます。

ロイス様も急いで詠唱を開始しますが、あの魔法ではせいぜい一匹を大怪我させる程度。

ゴブリンは持っていたぼろぼろのナイフや手製の石槍などを構え、一斉にロイス坊ちゃまと兵士たちに襲いかかりました。

兵士たちが必死に防戦している隙に、私は背後から強襲します。

虚をつかれたゴブリンは慌てふためいて陣形を崩し、そこからは完全に形勢が逆転しました。

やがて八匹のゴブリンを倒し終え、兵士の一人が頭を下げてきます。

「お手を煩わせて申し訳ないです……」

「謝罪なら私ではなく旦那様に直接どうぞ。それと、ロイス坊ちゃまは少々警戒心が足りていませんね。次はお気をつけください」

「う、でもゴブリンに魔法は当てたぞ！」

「あれは囮です。ゴブリンからしてみれば、まんまと罠に嵌まったな、といったところでしょう」

「ぐ！」

「手柄《てがら》を立てたいというお気持ちはわからなくもないですが、それで御身や兵士を危険に晒していては仕方ありません。そこは気をつけていただかないと」

私がそう説教すると、ロイス坊ちゃまは肩をわなわなと震わせて叫びました。

「う、うるさい！　たかが執事が、わかったような口を利くな！」

「ロイス様、それは助けてくださったスワロー様にあまりなお言葉では？」

兵士が眉をひそめてそう諭します。

「ぐぅ、う、うるさい！　気をつければいいんだろう！　もう行くぞ！」

「ふぅ……お二人共、引き続きロイス坊ちゃまの護衛をお願いいたします」

「……」

兵士たちは無言でロイス坊ちゃまの護衛に戻りましたが、あまりいい雰囲気ではありません。

正直に申し上げると、ロイス坊ちゃまがこの討伐隊に加わったことを、よく思っていない者は多いのです。

ロイス坊ちゃまには魔法の才能がありますが、肉体的にも精神的にも未熟。以前、私が叱ってからしばらくは殊勝《しゅしょう》にしていましたが……やはりまだまだ反省が足りていないようです。

当然ですが、戻られたロイス坊ちゃまへの旦那様の口調は、手厳しいものでした。

「……私はお前に、あくまで兵士たちの補助としてなら同行を許す、と言ったはずだが？」

「も、申し訳ありません。ですが、私の魔法はゴブリンに通じました！　次は後れをとるような真似はいたしません！　ですからどうかこのまま同行をお許しください！」

「許すも許さないも、ここまで来て戻すわけにはいかないであろう。お前を屋敷に送るだけでも兵力は削がれるのだ。お前も私の息子なら、少しは考えて行動し、物を言うがいい。前も言ったはずだぞ、私を失望させるなと」

「う、あ、ぐ……」

「……もういい。とにかく次はないぞ。いいかロイス、お前は魔法だけは才能があるのだから、役立ちたいならそれを活かせるように、もう少し頭を使え」

「は、はいお父様！　お褒めいただきありがとうございます！」

「……行くぞ」

旦那様に促され、私たちは移動を再開しました。

しかし、今の言葉を褒められたと判断しましたか。

旦那様は、魔法だけと仰いました。つまり、魔法以外については認めていないと言外に含ませたのです。しかし、自尊心が強く、精神的に未熟なロイス坊ちゃまは、そのことに気づいていない……これでは、将来が思いやられます。

話は少し逸れますが、ロイス坊ちゃまが弟であるジン坊ちゃまに執拗《しつよう》にこだわっているのは、自分が上で相手が下だと周りに知らしめたいがためでしょう。

ロイス坊ちゃまは、将来この領地を継ぐのは自分だと信じて疑っておりません。そしてそれは、ほぼ確実です。

だからこそ、その思考が視界を狭め、逆に心の余裕を失わせているような気がしてなりません。

一方で、ジン坊ちゃまは魔力がなく、エイガ家の基準で言えば落ちこぼれとされております。ただ、そのためなのか最初から名誉欲や出世欲といったものがなく、かといって自分を卑下することもありません。物心がついた時から、魔法こそが絶対とされるエイガ家の教えを受けていながら、魔力がなければ剣術を学べばいいと、柔軟な考えを持って生きております。精神的な面ではロイス坊ちゃまより遥かに大人と言えるでしょう。

実を言いますと、私は今回のゴブリン討伐には、ロイス坊ちゃまよりジン坊ちゃまの方が適任と思っております。ですが、エイガ家は魔法士の家系。魔力なしのジン坊ちゃまを討伐隊に加えるわけがありません。

私としては、その考えが残念でなりませんが――

◇◆◇

「エイガ様！　何故ここに！」

門の前に着いたら今日は門番が一人しか立っていなかった。その一人は、いつも俺に話しかけて来る騒がしい方だ。そして今回もまた盛大に驚かれた。

「いや、いつも来ているじゃないか。なんでそんなに驚いているの？」

「そりゃ驚きますよ！　最近ここら一帯にゴブリンが出ていますからね。冒険者も何人か連れ去られたと聞きます。だからこそ、領主様が自ら討伐隊を組んでくださったわけですし」

あぁ、確かに今はゴブリンで大変な時か。しかしそんなに被害が出ていたとはね。連れ去られたというのは……多分そういうことなんだろう。

気の毒だけど、助かっている可能性は低そうだ。あまり好ましくない状況のようだな。

「こんな状況で、よくご無事で……」

「大げさだなぁ。ゴブリンは数が少なければそんなに怖くないし、そもそもあいつらは街道には滅多に出てこないでしょ」

「普通はそうですが、エイガ様はお一人ですよね？」

「マガミがいるじゃん」

「ガルルゥウウウ――」

「そんな怖い顔で唸らないでください！　うぅ、ちょっと前はあんなに小さかったのに……」

門番はマガミがまだ幼かった頃から知っているが、これだけ大きくなったらちょっとした恐怖を感じるらしい。

「狼の成長は早いからね。それに大分強くなった。下手な冒険者なんかよりいい護衛だよ。だからこそゴブリンも襲ってこなかったんだと思う」

「そんなものですかねぇ？」

「そんなものさ。じゃあ入るね」

小首を傾げる門番をよそに町に入った。

実際、俺の言っていることは嘘ではない。今のマガミならゴブリン程度、十匹同時に襲いかかられても相手にならない。

さて、またデックの剣でも見てやるかな、と思っていると——

「デトラーー！　デトラ、どこだデトラーー！」

町の中で大声を上げて走り回っているデックを見つけた。いったい何をそんなに慌てているんだ？

近づいて話しかけてみる。

「デック、どうしたんだ？　そんな大声上げて」

「あ！　ジン、お前、屋敷から来たのか？」

「そこ以外にどこから来るってんだ」

「いや、確かにそうだけど……外はゴブリンが出るから危ないだろ。こっちでも町の外に出てはいけないと言われているんだぜ？」

そこまで大ごとになっているのか。

デックが言うには、畑作業に出るのも控えるように言われているんだとか。農民からしたら、たまったものではないだろう。

「まぁ俺は、ゴブリン程度に後れは取らないからな」

「そうなのか？　確かにお前の剣の腕は知っているけど……」

「それより、デトラがどうしたんだ？　随分と慌ててただろ？」

「あ！　そうなんだ！　ジン、うちの妹を見てないか？」

「見てないな」

「そ、そうか……そうだよな……」

デックが肩を落とす。顔も暗い。この様子を見るに、デトラがいなくなったといったところか。

「妹がどこか行ったのか？」

「あ、あぁ……その、昨日、母ちゃんが風邪だってお前に言ったよな？」

「あぁ、そう聞いた」

「あれ、実はただの風邪じゃなくて、魔邪《まぜ》という特殊な病気だったんだ……なんでも病魔が肉体だけじゃなくて魔力も蝕《むしば》んで、体力も魔力も奪われていく厄介な病気だって……」

その病気は俺も知っている。一応こっちでも勉強しているからな。魔邪は普通の風邪と違って、自然には治らない。特殊な薬が必要だが、逆に言えば薬さえあれば治る病気だ。

「薬はないのか？」

「それが在庫がないらしくて、このゴブリン騒動で材料が手に入らないんだ。冒険者に依頼しようにも、今はゴブリン討伐の方で手一杯だから受けてもらえなくて……それを妹も聞いていて、随分と気にしていたんだ。そしたら今日の朝から姿が見えなくてさ……きっと材料を探しに行ったんだ」

デックが弱々しい声で話してくれた。

「しかしデック、昨日はただの風邪だって言っていただろう？　なんでそれを黙っていたんだ？　俺に言ってくれれば屋敷でその薬の材料を用意できたかもしれないのに」

「……いや、だってそれを言ったら、まるで領主の息子だから頼ったみたいだろ？　俺、お前のことは友達だと思ってるし……」

「馬鹿！　友達だと思ってるなら、それこそ素直に頼ればよかっただろ！　大体そんなこと言われたって、利用されてるなんて思わねぇよ、見くびるな！」

「わ、わりぃ……そうだよな、最初から言っておけばこんなことには……うぅ、デトラ、いったいどこに……」

つい怒鳴ると、デックの目に涙が浮かんできた。よほど心配なのだな。

「泣くなよ。騎士を目指しているのに、情けない」

「で、でもよぉ、妹に万が一のことがあったら……」

「クゥ～ン……」

涙を零すデックを、心配そうに見上げるマガミ。マガミもデトラには可愛がってもらっていたし、きっと気が気じゃないのは一緒だろう。

「あ！　見つけましたよ、デック……って、貴方まで一緒なのですか」

その時、通りの向こうからバーモンドが駆け寄ってくるのが見えた。デックに用があったらしく、俺には邪魔くさそうな目を向けてくる。

「なんだラポム、お前かよ」

「お前か、とはご挨拶ですね。拙だって裏切り者の貴方とは話したくなんてありませんよ」

裏切り者？　なんだ、今のデックはこいつにそんな目で見られているのか。

バーモンドの言葉に、デックはうんざりしたように言う。

「だったら帰れよ。今、俺はお前と話している場合じゃないんだ。デトラのこともあるし」

「それですよ！　貴方、デトラちゃんのことを捜《さが》しているそうじゃないですか。デックの慌てた様子を見たってペトから聞いて、驚きましたよ」

「ペト？」

記憶にない名前だったので、俺はつい聞き返してしまう。

するとデックが説明してくれた。

「俺たちが初めてお前に絡んだ時にいた、杖を持っていた奴だよ。魔法を使っていただろ？」

「あぁ、あいつか」

思い出した。当時デックと一緒にいた中では一番小柄だった子どもだ。

そんなやり取りを聞いていたバーモンドが、イライラしたように言う。

「ペトのことなんてどうでもいいのですよ。それよりデトラちゃんです！　いったい、デトラちゃんがどうしたっていうんですか！」

「そんなこと、こっちが聞きたいくらいだ。というかお前、なんか妹に馴れ馴れしくないか？」

デックが不機嫌そうに言った。

「貴方は知らないでしょうが、拙はデトラちゃんと個人的に親しくさせてもらっているのですよ」

ふふんっと、ドヤ顔を見せてくるバーモンド。

というかさっきから気になってたんだけど、『拙』ってなんだよ。前はそんな一人称じゃなかったと思うんだが。ますますうざったさが上がったな。

「本当に初耳だな」

デックが言うと、バーモンドはさらに調子に乗って話しだす。

「ふふん。あくまで個人的な関係ですからね。彼女にはよく拙の本を貸してあげてるんですよ」

「本？　本を貸したのか？」

ちょっと気になって俺が口を挟んだら、バーモンドはドヤ顔のまま頷いた。

「えぇ、そうですとも。そういえば貴方もデトラちゃんのことを知っているそうですが、より親しいのは拙と言えるでしょうなぁ。なんせ本を貸すほどの間柄ですから」

本を貸すのはそこまで誇れることなのか、と思ってしまう。まぁ本は貴重なものではあるけど。

いや、そんなことより今はこいつから情報を聞き出さないとな。

「お前とデトラの仲はどうでもいい。それで、なんの本を貸したんだよ？」

「えっとですね……というか貴方、なんか口調が乱暴になっていませんか？」

「これがジンの素なんだよ。いいから何を貸したのか教えろよ」

デックが俺の口調についてフォローしてくれた。そういえば、町では俺も遠慮がなくなってきてるな。

バーモンドはゴホンと咳払いして話しだす。

「デトラちゃんは賢い女の子です。今は植物について興味をお持ちのようなので、植物が詳しく載った図鑑を昨日貸してあげたのですよ」

「植物の図鑑だって？」

バーモンドの返答にデックが反応した。俺にとっても聞き逃せない話だ。

「その図鑑には魔邪に効く薬草も載っているのか？」

「それは勿論、拙の自慢のコレクションの一つですからねぇ。当然魔邪のための薬の素材もしっかり載っていますよ。バファル草という名前だったはずですが……そういえば、あの薬草はこの近くの森で採れるのでしたね」

「くそ！　やっぱりそれか！」

「あぁ、きっと彼女はそれを見て、森まで探しに行ったんだ」

「えぇえぇえぇえ！」

デックと俺が結論づけると、目玉が飛び出そうなほどにバーモンドが驚いた。

「そんな馬鹿な！　だって今は森にはゴブリンが大量にいるのですよ！」

「だから一大事なんだろう！」

慌てるバーモンドにデックが吠えた。

しかし、一人で森に向かうなんて。

「これは、一刻も早く追いかけないとな……」

「ちょ、ちょっと待ってください。それは間違いないんですか？　大体、町を出るにしても門番がいるはずでしょう？」

確かにバーモンドの言う通りだが……ふと、俺の脳内に、あのおしゃべり門番の顔が思い浮かんだ。なんかあいつ、やらかしそうな雰囲気があるんだよな……

それに今日は、あいつ一人しか立ってなかった。いつもは無口で有能そうな門番が一緒に立っているのに、だ。嫌な予感がする。

とりあえず話を聞くため、俺はバーモンドとデックと門まで行った。

普段の口調で、俺は門番に話しかける。

「一つ聞きたいんだが、今日はずっと目を離さずにここに立っていたか？」

「え？　な、何を突然、と、当然ではありませんか。め、目を離すなんてそんなこと！　ひゅ、ひゅ～」

うわ、あからさまに怪しい。目が泳いでいるぞ。唐突《とうとつ》に口笛を吹き始めたし。

「父様に報告したりしないから、正直に言ってくれ。大事なことなんだ」

俺が言うと、デックも訴える。

「お、俺の妹がどこにもいないんだよ！　薬の材料を探しに町の外に出たかもしれないんだ！」

「ええええええぇぇええ！　そ、そんな、ちょっと目を離しただけで、まさか……」

「やっぱり見てなかった時があったんだな？」

「ギクッ！　いやでも、ちょっと小便しに行っていただけですよ！　ゴブリン討伐に兵が取られて、こっちに人手が回せないんです！　ずっと門に見張りを立てられないのは仕方ないんですって！」

「言い訳しないでください！　その『ちょっと』でデトラちゃんが町から出てしまったのですよ！」

「あ、あわわわわ！」

責めるようなバーモンドの言葉で、門番の顔色が見る見るうちに青くなっていった。

これで間違いないな。門番がいない隙を見て、きっとデトラは町を出たんだ。

「今の森にはゴブリンが蔓延っているのに……くそ！　今すぐ俺が！」

デックが慌てて飛び出そうとするが、俺はそれを制した。

「駄目だ！　お前は町にいろ。ゴブリンは甘い敵じゃない」

「で、でも、デトラが！」

「そ、そうですよ！　こんなところでぼやぼやしている場合ではないでしょう！」

デックに加勢するようにバーモンドが言った。しかし、あいつは門にしがみついて叫んでいるだけだ。どう見ても、助けに行こうとする様子ではないな。まぁ、こいつにまで余計な真似をされて、厄介事が増えるよりはいいか。

「……おい、ここから離れたのはいつ頃だ？」

とにかく、門番から詳しい話を聞いてみる。

「え、え〜と、そうですね。一時間くらい前かと」

一時間か……絶対に無事とは言えないが、それならまだ間に合う可能性が高い。

「父様が討伐隊を出してるから、ゴブリンは派手な活動はしていない。デトラは無事でいるはずだ。それにマガミは鼻が利く。デトラとは一度会ってるし、近くまで行けばわかる。俺が森に行って、父様に事情を話してくる。そしてデトラの捜索を頼むから、デックはここで待っていてくれ」

「そんな！　俺も連れていってくれよ！」

「駄目だ！　言っちゃ悪いが、お前は足手まといだ！」

「う、うぅ……」

デックが俯き、悔しそうに拳を握りしめた。少々キツく言いすぎたかもしれないが、デックがついてきてしまうと、俺も本来の力が出せない。

「悪いな。だけど、デトラを助けてもお前が死んだら元も子もないだろう？　とにかく俺を信じて待っていてくれ」

「……わ、わかった！　お前を信じるよ！」

「し、仕方ないから今回だけは貴方に任せますよ！」

デックは大人しく町で待っていてくれることになった。そのあとバーモンドがちょっと偉そうに言ってきたのが気になったけど、とにかく急がないと。

「気をつけて！　無理しては駄目ですよ！」

門番はそう言って送り出してくれた。止めてこなかったのは……俺を信じてくれたってことか？

そもそも門番のせいなんだから反省してほしいところだが、人手が足りないのも事実なんだろう。

さて、俺は森に向かうが、父様と合流するというのは嘘だ。それよりもっといい方法がある。

「口寄せ！」

「ウホッ！」

「「「「ウッキーー！」」」」

森に入り、町から離れたところで猿たちを口寄せした。森の中で人を捜すなら、これほど適した人材はいない。

似顔絵を土に描いてエンコウにデトラの特徴を伝え、部下の猿と一緒に捜索に出てもらう。エンコウの子分猿の数は多い。人海戦術で上手くやってくれるはずだ。

勿論こっちはこっちで捜索を開始する。マガミの鼻と俺の忍術を使ってな。デックにあそこまで言ったんだからな。絶対に救出する！

◇◆◇

【デトラ視点】

お母さんが病気になっちゃった。しかも魔邪という重い病気。風邪に似てるんだけど、自然には治らなくて、放っておくと死んじゃうんだって……

早いうちに薬さえ飲めば助かるらしいの。お兄ちゃんの友達だっていうバーモンドさんが貸してくれた本で勉強したから、それは知っている。

だけど、その薬がどこの商会にも薬師の店にもない。こんな時に限ってゴブリンが悪さして回っているせいで、素材のバファル草が手に入らないのが原因なんだ。

冒険者はゴブリンを退治するのにかかりっきりで依頼を受けられない。おまけに町の外に出ちゃいけないって命令が出たから、冒険者みたいに許可をもらった人以外は外には出してもらえない。

でも、解決するのをのんびり待ってたら、お母さんが死んじゃう！

だから私は決心した。森に行ってバファル草を採取するって。

町の外に出る門は門番さんが見張ってるけど、今日は町の兵士さんがゴブリン退治に出ていたから、門番さんは一人だけだった。

私は上手くやれば出られるかもって思ったの。

そしたら案の定だった。門番さんが門から離れた隙をついて、私は町から出ることに成功した。

危険なのはわかっている。本当はお兄ちゃんに頼んだ方がよかったのかもしれないけど、間違った草を取ってきそうだったし……

だからって一緒に行こうって相談しても、お兄ちゃんが私の外出を許してくれるとは思えない。

そう考えて、私は一人で出たんだ。大丈夫、素材に必要なバファル草は、そこまで森の奥にあるわけじゃない。バーモンドさんから借りた本にもちゃんと生息地が載っていた。

だけど、本の知識があっても、実際に探すとなると簡単ではないって身に染みてわかった。

だって、森には似たような植物が一杯生えてるんだもん。この中から見つけるなんて……どうしよう。

途方に暮れて生い茂る草を眺めていたら、ガサゴソと藪が揺れる音が聞こえて肩が震えた。

まさか、ゴブリン？　……と身構えていたら――

「モキュ？」

「あ、はぁ……びっくりした……」

出てきたのは一匹のうさぎだった。ホッとしたよ。うさぎ、可愛いな。

「ふふ、可愛いね、あ……」

撫でようと思って手を出したら、顔を横に向けたあと逃げていっちゃった。どうしたのかな？

「ギャギャッ！」

「ギャッ！」

「え？　あ、あ……」

その理由はすぐにわかった……今度は本当に、ゴブリンが近づいてきたんだ。

緑色の肌に、吊り上がった目。小さな角が生えた、魔物――背は小さいけど、武器を持っていて数も多い。

「ギギッ！」

「きゃ、きゃぁああぁぁあ！」

私はあっという間にゴブリンに捕まった。両手両足を持たれて、そのままどこかに運ばれる。

悲鳴を上げても下ろしてくれない。むしろ愉《たの》しそうに笑うだけ。

ゴブリンは、特に人間の女の子に酷いことをするらしい。何をするのか、詳しくは教えてもらってないけど、とにかく女の子は一人で森を歩いちゃ駄目だって言われていた。

でも、私はその約束を破った。お母さんの病気を治したかっただけだったけど、いけないことだったのかな？　それで天罰が下ったのかも。

うぅ、怖いよ、お父さん、お兄ちゃん……

「いやだ、誰か、助けてよぉ――」

「キキィイィイ！」

その時だった。小さな影が飛んできたのが見えた。

直後、ゴブリンの悲鳴みたいな声が聞こえて、私は解放される。

地面に落っこちそうになったけど、体をフワッと抱き留められる。

何？　と思って見てみると……

「え？　猿さん？」

「キキィ！」

私は猿さんに抱えられていた。小柄だけど、結構力が強いみたい。

私は数匹の猿さんに運ばれて、ゴブリンから逃れることができた。

でも、どうして猿が？　まさか私、今度は猿に狙われたとか？

一瞬そんな考えが頭をよぎったけど、何か様子が違う。どちらかと言うと、猿たちは私を守っているように思えちゃう。

私を見る猿さんたちの視線は、大丈夫、と励ましてくれている気もしたんだ。

しかし、またもやピンチが訪れる。ゴブリンが次から次に現れて、あっという間に私たちを取り囲んだのだ。

猿さんでも、流石にこの数は……ど、どうしよう――

「よくやった！」

その時、男の子の声が私の耳に届いた。どこか聞き覚えのある声。

次の瞬間、前方のゴブリンが吹き飛ばされて、いつの間にか私の横には男の子が立っていた。

あれ、この人って？

「やぁ、無事みたいでよかったよ」

◇◆◇

猿たちは早速いい仕事をしてくれた。

口寄せをした猿であれば、俺は思念を感じ取ることができる。それで、デトラが見つかったことを感知したのである。

猿の思念からは、デトラがゴブリンに運ばれている途中だったことと、デトラを助けて安全な場所へ移動しようとしたら潜《ひそ》んでいた他のゴブリンがわらわらと現れたことがわかった。

デトラを助けるべく、俺はマガミと急いで現場に向かった。猿の思念が強くなる方向を目指せばいいので、迷う心配はない。

目的地に到着すると、ゴブリンが猿とデトラを完全に取り囲んでいるのが見えた。

一見すると絶体絶命に思えるが、単純な戦闘力なら猿の方が上だ。一緒に修業した俺が言うのだから間違いない。だから数の差があってもそう簡単にやられたりはしないだろう。

ゴブリンもそれがわかっているのか、猿たちを警戒している様子だ。そのため、忍び寄る俺とマガミに気がついていない。

元忍者の俺は、当然気配を消して移動することができる。マガミも気配を消すのがかなり上手い。ゆえに、奇襲するのは容易かった。忍法を使うまでもない。せっかくだから以前購入したフセットとリングナイフを右手と左手に持ち、二刀流で包囲網へ切り込んでいく。

「よくやった！」

猿たちを労《ねぎら》いつつ、ゴブリン共を斬り捨てる。マガミも別方向から突進し、そこから爪で上手いこと敵を切り裂いていった。

ゴブリンの壁はあっという間に崩壊し、俺はデトラの前に立つ。

「やぁ、無事みたいでよかったよ」

そう声をかけると、デトラはキョトンとした顔でこっちを見た。これだけいろいろなことが起きたら、混乱するのもわかる。

俺は続けて言う。

「デックから、君が森の中に入ったかもしれないって聞いたんだ。それで捜しに来たんだよ。大丈夫？　怪我はないかい？」

「え、あ、はい！　大丈夫です、ありがとうございます！」

うん。ゴブリンに連れ去られかけていたようだけど、落ち着いている。精神的にも大丈夫そうだな。


　さてっと、あとは——


「グギィ！」

「ギギギイギッ！」

「ギャギャッ！」

耳障りな鳴き声を上げるゴブリン共。そして俺の見た目が子どもだから舐めているのか、なんの工夫もなく向かってきた。

「行くぞお前たち！」

「「「キィィイイ！」」」

「ガルゥウウウ！」

　俺は両手の得物を使い、向かってくるゴブリンを次々と斬り伏せていく。猿たちとマガミも、負けじと爪と牙でゴブリン共を駆除していった。

　結局、一匹だけ逃したが、それ以外のゴブリンは俺たちの手で全て退治した。

ゴブリンはやはりそこまでの相手じゃないな。日ノ本で退治した子鬼の方がまだ手強かったかもしれない。

「さぁ、これでもう大丈夫だよ」

「あ、あ、え、えと、す、凄い、ですね――」

振り返ってデトラに言うと、何故か少し怯えているようだった。

顔が青くなっているな。そんなにゴブリンが怖かったのか？

「ガウ」

「キキィ」

「……あぁそうか」

だけど、猿たちとマガミの様子を見て理由がわかった。全員、ゴブリンの血で凄く汚れている。

自分の顔を服の袖で拭うと、ゴブリンの返り血がべっとりとついていた。あいつらの血、緑っぽいんだよな。すっかり血まみれになった俺たちの姿に、彼女は恐怖したんだろう。

デトラはしばらく黙ったかと思うと――

「オエェエエエェエエ……」

うん、見事に地面にぶちまけたね。まぁ血の匂いも酷いし、わからなくもない。まだまだ子どもだもんな。俺は前世で慣れているからなんともないけど。

「はぁはぁ、ご、ごめんなさい。助けてもらったのに……」

「いや、それより大丈夫？」

「は、はい、なんとか……」

目に涙が滲んでるけど、もう大丈夫そうだ。吐いてすっきりしたらしい。

「それならよかった。じゃあ、すぐにでも町に戻った方がいいね」

そう促すと、デトラはためらった様子を見せる。

「え？　あ、でも私、どうしても薬の材料が欲しくて……」

「材料？　あぁ、そうだった」

俺は周囲を見回した。

ゴブリンの死体が散らばる中、奥の草むらにそれを見つける。

俺はその場所まで移動して、生えている草を手早く摘み、戻ってデトラに手渡した。

「はい、魔邪の薬に必要なバファル草だよ。これがいるんだよね？」

「え？　え？　えぇえええぇええ！　そんなにあっさり見つけられるんですか!?」

随分と驚かれてしまった。

バファル草の外見については、俺も知っていた。よく似た雑草があるので、確かにパッと見ただけで見つけるのは難しいかもしれない。

ただ、俺は前世で薬草学をしっかり叩き込まれており、似たような毒草の山から一本の薬草を見つけるような特訓も受けたりしていた。だから、薬草を見分ける目には自信がある。

「本当に何から何までありがとうございます！」

「いいよ。お母さん、早くよくなるといいね」

「は、はい……」

デトラの目に涙が溜まる。よほど心配だったんだろう。さっきまで具合の悪そうな顔をしていたけど、表情が大分明るくなった。それだけ嬉しかったということか。

さて、これで目的は果たせたし、デトラを町まで送らないといけない。

と思っていたら、大きな影が飛んできて俺たちの前に落下した。

「ウホッ！　ウホッ！　ウホホホッ！」

駆けつけたエンコウである。

デトラはエンコウを一目見るなり、見た目からは想像もつかないような豪快な叫び声を上げ、ひっくり返った。

「ギャァアアァアアア！」

そんな反応にエンコウは、しゃがみ込んで地面に「の」の字を書いている。いじけちゃったよ。

しかしここまで驚くとはね。ゴブリンに囲まれている時に、エンコウが先に来なくてよかったかも。

とりあえず、デトラを立たせて説明する。

「デトラ、そんなに怖がらなくて大丈夫だ。こいつはエンコウと言って、僕たちの味方だから。この猿たちのボスなんだ」

「え？　み、味方？」

「ウホッ！　ウホウホッ！」

エンコウが立ち上がり、胸をドンドンと叩いて頼りになることを主張した。

だけどそれが怖かったのか、デトラがたじろいでいる。逆効果だなぁ。

「ほ、本当に大丈夫？」

「大丈夫だって。ほら」

俺はエンコウの脇のあたりを掴んでわしゃわしゃした。エンコウはこれが好きで、ウホウホと喜んでいる。

「ね、平気でしょ？」

「ほ、本当に、凄くジンさんに懐いているんですね。でも、どうして？」

「あぁ、まぁそれは、色々縁があって……まぁとにかく。町まではエンコウが送ってくれるから安心して」

「は、はい。わかりました！」

「ウホウホ！」

エンコウがデトラの前で腰を落とす。

彼女は目を丸くしつつ首を傾げた。

「え〜と？」

「肩に乗って、と言っているんだと思うよ。その方が安全だし、速いだろうからね」

「か、肩にですか？」

「ウホッ♪」

「う、う～ん、わ、わかりました！」

デトラは最初は少し戸惑っていたが、意を決したようにエンコウの肩に乗った。

「うわぁ～！　すご～い、たか～い！」

恐る恐るといった感じだったけど、肩に乗ったあとにエンコウが立ち上がると嬉しそうにはしゃいでいた。エンコウは大きいから、立ち上がると視界が一気に高くなる。俺も何度か乗せてもらったっけな。結構気持ちがいいのだ。

「あの、ジンさん、本当にありがとうございました！」

「うん。エンコウ、あとは頼んだぞ」

「ウホッ！」

デトラを乗せたエンコウが町へ向かうのを見届け、俺は改めてゴブリンの死体を確認する。

さっき、ゴブリンを一匹だけ逃がしたが、実はわざとだ。色々と考えがあったからね。

屋敷の書物で見た、ゴブリンの生態について思い出す。

ゴブリンは稀《まれ》に、リーダーの素質を持った者を生むことがある。それをゴブリンロードと呼ぶらしい。

ゴブリンロードが生まれると、ゴブリンはさらに繁殖力を増して一気に数を増やすそうだ。そして新たに生まれた個体はロードの配下に置かれ、普通の個体よりもより強くなるのだとか。

先ほど戦ったゴブリンたちは結構な数で、拙《つたな》くはあったけど動きが統率されていた。そのため、今回の大繁殖は、もしかしたらゴブリンロードが現れたからかもしれない、と俺は考えていた。

だから一匹逃した。もし俺の予想が正しければ、あのゴブリンは群れが全滅したことを報告するために主のもとへ戻るはず。

逃げたゴブリンには、チャクラで目印をつけておいた。チャクラはこの世界の生物には感じ取ることができない力だ。それはこれまでの修業中に何度か実験してわかったこと。目印が見つかることはないだろう。

早速、逃げたゴブリンがどこにいるか探る。

うん、走って一直線に移動しているな。行き先が明確じゃないと、こんな動きは取れない。これは大当たりか。

さて、一連のゴブリン騒動は本来なら俺が動くようなことじゃないし、討伐隊が組まれている以上、積極的に関わるつもりもなかった。

だが、ゴブリン共は一つ過ちを犯した。この世界で初めてできた俺の友達の妹を狙ったんだ。それは俺に喧嘩を売ったのと同じだ。だったらしっかり買ってやらないとな。

「いくぞマガミ――ゴブリン狩りだ！」

「ガウ！　アォオオォォオオォォオオオン！」

そして俺は遠吠えを上げるマガミを連れて、疾走し、逃げたゴブリンのあとを追うのだった――


「ここが奴らの巣か――」

逃げたゴブリンを追って、森の深くまでやってきた。わりとあっさり追いつくことができたな。

逃げ足が速いのもゴブリンの特徴の一つらしいけど、感覚的には日ノ本の早馬程度だった。つまり俺なら追いつける。

しばらく、ゴブリンを目視しながら尾行する。

ゴブリンは木々の生い茂った獣道を進み、ゴツゴツとした岩肌があらわになった絶壁《ぜっぺき》にたどり着く。そこに一つポッカリと穴があいていた。洞窟《どうくつ》だ。

ゴブリンはキョロキョロと周囲を窺《うかが》ったあと、洞窟の中に入っていった。俺とマガミには最後まで気がつかなかったな。まぁそんなもんか。

おそらく、この中にゴブリンロードがいるんだろう。

気配を消して洞窟の中に侵入する。

すると、マガミはすんすんと鼻をひくつかせて匂いを嗅ぎ、任せてと言わんばかりに先頭を歩きだす。

こういった敵の拠点に侵入する時は、日ノ本でも忍犬が役に立った。俺は当時斥候の腕も買われていたから、こっそり侵入して相手を探るのも得意なんだけど……ここはマガミに任せてみよう。

マガミは気配の消し方が達者で、足音を一切立てず先を進んでいる。あたりは暗いが、軽い足取りだ。闇の中でも目が利くのだろう。

勿論それは俺も一緒である。チャクラに頼らなくてもこの程度なら見えるし、真っ暗闇でも目を強化すれば問題なく見られる。

これは地味に役立つ能力だ。松明《たいまつ》などで明かりをつけると、どうしても相手に居場所を知られるからな。

洞窟は、大人が進むには少し屈《かが》まないといけない高さだった。ゴブリンには丁度いいのだろう。幅も、人間が二人横に並んで歩くにはかなり窮屈。自然と縦一列になるだろうが、それはつまり弓や魔法を扱う後衛役が、本領を発揮できないということでもある。矢や魔法が仲間に当たる恐れがあるからね。

この世界での戦いでは基本、戦士や騎士が前に出て、弓兵や魔法士が後ろから援護するのがセオリーと聞く。勿論、合戦くらいの大規模な戦いになると、また別の戦略があるだろうけど。

一方でゴブリンは小柄なのが逆に生きる。これくらい狭くても奴らなら軽快に動き回れるだろう。そう考えると、父上たちが先に気づいてやってきていたら大変だったかもな。ゴブリンだけならまだしも、おそらくゴブリンロードもいるわけだし。

しばらく奥に進んでいくと、開けた空間にたどり着いた。そこに、四匹のゴブリンがいる。一匹は俺がマーキングした奴だ。

俺とマガミは、岩陰に隠れてゴブリンたちの様子を窺う。

「ギギッ」

「ギャギャギャッ」

マーキングしておいたゴブリンが仲間に何かを伝えている。多分、群れが壊滅したことだろう。するると、話を聞いているゴブリンが焦りだした。そして一匹が足早にどこかへ行こうとする。

親玉に報告する気か？　ここで告げられたら多少厄介だな。

「行くぞマガミ」

「ガウッ――」

俺とマガミは岩陰から飛び出し、ゴブリンが気づくより早く距離を詰めた。

マガミは、知らせに行こうとしたゴブリンに飛びかかり、首に牙を立てる。

ゴブリンは叫び声を上げる間もなく絶命した。

俺はフセットとリングナイフを構え、素早く二匹のゴブリンの喉に突き刺す。そして刃を抜き、唖然としていた残りのゴブリンの首を飛ばす。これで片づいた。

「ハッハッハッハッ――」

戻ってきたマガミが尻尾を振って、褒めて褒めて～とじゃれてくる。

「あぁ、よくやったぞマガミ」

可愛いから、しっかり頭を撫でてもふっておいた。凄く気持ちよさそうにしているな。

さて、洞窟はまだ奥に続いているようだ。マガミと先を急ぐ。

すると途中で、見張り役らしいゴブリンの集団を見つけた。

弓と杖を持っているのがちらほらいるな。弓持ちは盛り上がった岩場の上に立って警戒している。

あの様子だと、ゴブリンも暗い場所を苦にしないのだろう。

また、ゴブリンはある程度鼻が利く。ゴブリンの血がべっとりついたまま近づいたら、気づかれるかもしれない。

俺は忍法・水飛沫《しぶき》で静かに服の汚れを洗い落とす。ついでにマガミの毛についた血も綺麗にしておいた。水場が近くにない状態での水属性の忍法はチャクラを大量に使うが、俺なら多少消耗しても問題ない。

さて、気配を消したままかなり近づいてみたが……匂いがなくなったとはいえ、ここまで気づく様子がないとは。大分鈍《にぶ》いな。能力的には日ノ本の下忍より遥かに下だ。見習いの忍者でももうちょい鋭いだろう。

まず、マガミがこっそりと行動する。

岩場の上に立つゴブリンが背中を向けた瞬間を狙って、背後から強襲。首に食らいつき一撃で仕留めた。

俺はその間に、ぼろをまとった杖持ちゴブリンと、その周りにいる石斧持ちゴブリンや石槍持ちゴブリンを片づけていった。

弓だろうと魔法が使えようと、忍び寄って先手を打てばなんの問題もないということだ。

そのまま横穴を進み続けると、ついに最奥《さいおう》と思われる空間にたどり着いた。中央の奥、盛り上がった岩の上に腰かけてふんぞり返っているのがゴブリンロードか。

他のゴブリンとは明らかに風格とサイズが異なっている。通常のゴブリンは人の子程度の体格だが、ゴブリンロードはとんでもなくでかい。

風貌は、日ノ本にいた鬼に近いな。角も生えているし。立ち上がれば背の高い大人でも見上げるほどの体長だろう。

顔はゴツゴツとしていて、口は牛くらいなら丸呑みできるほどのサイズ。手も大きく、巨木を片手で引っこ抜いてそのまま棍棒《こんぼう》代わりにできてしまいそうだ。

椅子代わりにしている岩の左右には、ゴブリンロードほどではないにしても、身の丈二メートルは優にあるゴブリンが数匹ずついた。あれはホブゴブリンか？

ホブゴブリンとはゴブリンの群れの中でたまに生まれる種類で、筋肉が通常種などとは比較にならないほど発達している。今は岩でこしらえたであろう棒状の武器を手にし、偉そうにしていた。

あと、その場にはゴブリンが……数えるのが馬鹿らしくなるくらいウジャウジャいる。鼠かこいつらは。

そして――空間内には食い散らかされた人の死体もあった。連れ去られたという女冒険者だろう。

惨《むご》たらしい光景だが……そこまで悲しくは感じない。これくらいの光景は日ノ本でもよく見た。たとえば戦なんかがあった日には、武士が盗賊まがいのことをしていた。立ち寄った村で食糧を奪い、女を犯し、散々好き勝手やった挙げ句、しまいには皆殺しにして家屋に火をつけるなんてことを平気でやったもんだ。それに比べればゴブリンはまだマシなのかもしれない。

だからといって、人にとってはれっきとした害獣である。放置するわけにもいくまい。

さて、どうするかな……

とにもかくにも、ゴブリンの数が多い。とりあえず数を減らしておきたいところだ。

そうなると使うべきは忍法だな。忍術で肉体を強化して、全部肉弾戦で倒すのは流石に大変だし。

さて、チャクラの性質をどう変化させるか……火に変化させて焼き尽くしたり、風で一気に吹き飛ばしたり。うーん、なんかいまいちぱっとしないな。

地震を引き起こして地割れに呑ませるという手もあるが、それは悪手か。洞窟内で大きな衝撃を起こすと、最悪崩落の可能性がある。別に崩落したってマガミを連れて逃げることなど造作もないが、ゴブリンロードがしっかり倒されたという証拠は残しておいた方がいいだろう。それにはまぁ、死骸が見つかるのが一番手っ取り早い。

なので、洞窟を崩落させない程度に衝撃少なめで、敵を一掃できる忍法――そうなるとある程度限られてくる。

「うん、よし。十八印でいくか」

「ガウ？」

マガミが首を傾げた。

十八印というのは、文字通り印を十八回結ぶ忍法という意味だ。

忍法を行使する際には印を結ぶ。この印は強力な忍法ほど結ぶ数が多くなる。

ちなみに最も簡単な忍法で、印を結ぶ数は三。これは三印と呼ぶ。

ただ三印程度だと実戦じゃ使えないのがほとんどだ。まさに練習用だな。実戦で使うとなると、最低五印は必要になる。

下忍の一つ上のランク、すなわち中忍だと九印程度は結べる必要があるとされている。まぁこれが、一つの壁でもあるんだが。

忍法における最大の印は九十九印だ。もっとも、九十九印は使いどころがかなり限定される。強力すぎるからだ。前世の死に際に黒闇天を呼び出した神寄せもこの九十九印なんだが、今の俺だとちょっと厳しいんだよな。

まぁそれはそれとして、俺がこれから行使しようとしているのは、そのうちの十八印――

「忍法・蜿蜿雷蛇《えんえんらいじゃ》！」

印を結び忍法を行使、すると印を結んだ俺の手から巨大な蛇が飛び出した。もちろんただの蛇ではなく、正体は蛇を模した雷である。

「――ッ⁉」

「ギャギャギャギャッ！」

奥にいたゴブリンロードが反応し立ち上がった。

「ギ、ギィイイィイイイ！」

「グギャ！　グギイイィイイイ！」

空間内にいたゴブリンの群れは、突如の襲撃に慌てふためいている。

蛇を模した雷は洞窟内を這い回り、ゴブリンを次々と喰らい呑み込んでいった。雷蛇の中で電撃を浴び、黒焦げになったゴブリンが次々と地面に放り出されていく。

ゴブリン側からすれば突然見たこともないような雷蛇が現れ、次々と仲間を食べていっているわけだから、その恐怖は相当なものだろう。

やがて散々暴れ回った雷蛇が消え、空間内に肉の焦げた嫌な匂いが充満する。

「クゥ〜ン……」

鼻がいいマガミは、前足で鼻を押さえて鳴いていた。

「あぁ、悪い、少し我慢してくれ」

「ガウ！」

申し訳なく思いつつそうお願いすると、元気よく吠える。

改めて洞窟を見渡す。まだところどころ電撃が迸っているけど、特に問題とはならない。ゴブリンは今ので三分の二程度死んだ。ホブゴブリンも数匹は死んでいるな。

「さて行くか」

「ガウ！」

ここまで来たら、あえて気配を消す必要もない。もう相手も敵襲があったとわかっているだろうしな。正面から堂々と行かせてもらおう。

「グォ？　グォォオォオォオオォオオオ！」

ゴブリンロードに駆け寄ると、相手がこちらに気づき、雄叫びを上げて威嚇してきた。

巨大な口から発せられる雄叫びは、虎が数十匹集まって咆哮してもまだ足りないくらいに大きく、音の衝撃波が風を起こして迫ってきた。

なかなかのものだが、俺たちの足は止められない。むしろ加速してやった。

ゴブリンロードが目をしばたたかせ、生き残った配下のゴブリンやホブゴブリンに何事かを命じる。大分仕留めたが、それでもまだ合わせて十数匹は残っているか。

「マガミ、ゴブリンとホブゴブリンは任せていいか？」

「ガウ！」

マガミが威勢よく返事した。今のマガミなら、ホブゴブリン相手でも十分勝てるはずだ。

マガミが飛び出し、ゴブリンの群れに向かった。

すると杖持ちゴブリンと弓持ちゴブリンが、矢と魔法を放ってくる。詠唱の時間は結構短かった。

これは驚きだ。

飛んできた魔法は風属性か。小さな風の刃を放つタイプで、威力は小さな手裏剣程度といったところだろう。マガミなら問題にならないが、遠距離からチクチクやられるのは嫌かもしれない。

「ガウ！」

マガミは軽快な動きで矢と風の刃を避けていく。

すると驚くことに、マガミの前足に風が集まりだした。

マガミが前足を振ると、風の刃が生まれて杖持ちのゴブリンを切り裂いた。

「驚いたな、いつの間にそんな技を？」

「ガウガウ――」

マガミが得意げに鳴いた。うむ、あとでたっぷりもふってやるか。

今のマガミの技は、忍法で言えば鎌鼬に近いな。あの忍法は四印だ。

せっかくだから俺も印を結ぶ。

「忍法・鎌鼬！」

そう唱えて腕を振ると、風の刃が正面に立っていたホブゴブリンに向かって飛んでいき、一刀両断にした。

「ガウガウ！」

俺の忍法に触発されたのか、マガミも前足を振って次々とゴブリンを切り刻む。

ただ、威力はまだまだこれからといったところか。ホブゴブリンは一撃では倒れない。

しかしマガミは続けて二発撃ち込み、無事に倒した。

チャクラを使う俺とは違い、マガミは魔力を使って、あの技を発動させているんだろうな。風を集めるのに詠唱はいらないようだ。

マガミが露払いをしてくれたおかげで、俺がゴブリンロードに近づくのを阻《はば》む奴がいなくなった。

一気に距離を詰めると、ゴブリンロードは脇に置いてあった岩の棍棒を持ち、振り下ろしてきた。

「おっと、ご挨拶だねぇ」

その一撃を軽く避ける。

「グゥウウゥウ……」

こちらを見下ろしてくるゴブリンロードの顔には、困惑の色が浮かんでいた。おそらくこれまで、自分こそが絶対的強者だと信じて疑ってこなかったのだろう。それが今、ただの餌と見ている人間に部下を次々葬《ほうむ》られ、接近を許し、自分の攻撃もまったく当たらない。苛立ちが募《つの》ってきた頃か？

「グォオォオオオオォオ！」

と、ゴブリンロードが棍棒をやたらめったら振り回してきた。多少は知恵が回るかと思ったが、こんなものか。戦い方にまったく工夫がない。

「忍法・雷針《らいしん》！」

「ウグォオオォオオ！」

雷の針を飛ばすと、命中したゴブリンロードがよろめいた。

おいおい本当かよ。雷針は三印の練習用忍法だぞ。まさかこの程度で怯むとは思わなかった。牽《けん》制《せい》程度のつもりだったんだけど。

ゴブリンロードはよろけながらも、椅子にしていた岩を持ち上げて投げつけてきた。狙いは意外にも正確で、しっかりこちらに飛んでくる。

大岩が地面に落下し、重苦しい音が鳴り響いた。

「グォオォオォオオオオ！」

「随分と気が早い奴だな」

「グォ？」

両腕を振り上げて勝利の雄叫びを上げたゴブリンロードだが、残念。俺はとっくに頭の上に移動していた。

さっきまで俺のいた場所には丸太が転がっている。忍法・変わり身である。

空中から見た限り、マガミの方も全員倒したようだな。残ったのは大将のこいつだけ。

もうしばらく戦ってもいいが、こいつから得られるものはなさそうだ。

「悪いがこれで終わりだ」

リングナイフを取り出しチャクラを込める。するとチャクラが刃に沿って伸びて硬質化し、一本の長剣のようになった。チャクラを操作すると、こういったこともできる。

俺はゴブリンロードの脳天に、チャクラの刃を突き刺した。

「ウガッ……」

ゴブリンロードの目玉がぐるんっと上を向き、間の抜けた声を発したのを最後に膝から崩れ落ち、前のめりに倒れた。

当然俺は一足先に地面に着地している。ふぅ、これで片づいたなっと。

一息ついて、ゴブリンロードの死骸を見る。それだけじゃない、地面にはゴブリン共の骸《むくろ》がそこかしこに倒れていた。改めて見るとかなりの数だ。

ふむ、弱ったぞ。これ、どうしよう？

デックの妹が襲われたからつい腹が立って殲滅《せんめつ》したけど、その先をあまり考えていなかった。

とりあえず……ゴブリンの問題はこれで解決したと思う。ロードがいなくなれば、ゴブリンの活動は沈静化する。あとは冒険者が残党を駆除すれば、いずれ被害もなくなることだろう。

問題は、このゴブリン共の後始末だ。流石に俺がやったなんて言えないし、かといって放置してそのままってわけにもいかない。

父上たちに把握してもらわない限り、人々はゴブリンに怯えて暮らすことになる。だからなんとかして、ゴブリンロードが倒されたことは知ってもらう必要がある。

だけど、ただ死骸を見つけてもらうだけだと、今度は誰がやったのか？　という問題が出てくる。

その辺は成り行きに任せるという手もあるけど、退治した人物を派手に捜されるとちょっと面倒だ。

いや、俺の仕業だとばれない自信はあるんだけど、ずっと捜させるのもかわいそうだし。

「う～ん、どうするかなぁ」

「ガウゥ～」

腕を組み唸りつつ声を漏らすと、マガミも首も捻って悩んでくれた。可愛い奴め、とりあえずもふっておこう。

「ガウガウ！」

「はは、嬉しいか。こいつめ～」

ゴロンッとひっくり返って気持ちよさそうにしている。

しかしさっきは驚いたな。マガミがあんな魔法を使えるようになっていたとは。

「そういえばお前、凄いな。いつの間に魔法を使えるようになったんだ？」

「ガウガウ！」

尻尾をパタパタさせて俺の周りを駆けだした。褒められたのが嬉しいようだ。

「せっかくだから、あの魔法に名前をつけたいな。う～ん、風断爪《ふうだんそう》、なんてどうだ？」

「ガウッ！」

おお、どうやら気に入ってくれたようだ。よし、今後はこの風断爪がより強くなるよう鍛えてあげないとな。

「ウホッ、ウホホッ！」

くるくる回るマガミを微笑ましく眺めていると、頭上からエンコウの鳴き声が聞こえてきた。

見上げると、天井付近に大きな横穴があって、そこにエンコウが立っている。

なるほど、どうやら入口が他にもあったようだ。確かに、そうでないとゴブリンロードが出られないもんな。俺が入った入口は狭かったし。

近くにデトラはいなかった。どうやら無事に町まで送り届けてくれたようだ。

エンコウはジャンプしてこちらに着地する。

「ウホホホッ⁉」

そして、ゴブリンロードの亡骸《なきがら》を見て凄く驚いた。驚きすぎて天井スレスレまで飛び上がっていた。いや、びっくりしすぎだろう。

「ウホ？　ウホホッ？」

ゴブリンロードの死骸と俺とを交互に指差してくるエンコウ。俺が倒したのか？　と聞いているんだろうな。

「あぁ、そいつは俺がやったんだ」

「ウホホォ～」

そう答えたら、今度は崇《あが》めるように平伏してきた。

「いや、そういうのはいいから……」

「ウホッ？」

小首を傾げるエンコウのことは一旦放っておいて、今後について改めて考え――

ん？　エンコウ？

「ウホッ？」

再びエンコウを見ると、頭上に疑問符が浮かんだような顔を見せてきた。

そうか、これはいい作戦かもしれない。

「エンコウ、お前に一つ頼みがある。聞いてくれるか？」

「ウホッ！　ウホウホッ！」

立ち上がり、ドンッ、と自分の胸を叩いてみせた。なんとも頼もしい。

よし、これできっと上手くいくはずだ！

◇◆◇

【スワロー視点】

ゴブリンの討伐隊が組まれ、旦那様の命でその中に私も加わることとなりました。今、私は旦那様やロイス坊ちゃまのいる隊にてゴブリン狩りを続けております。

本来、ゴブリン相手に私のような女性が参加することはあまり好ましくないとされています。奥様は心配してくださいましたが、私の剣の腕を買ってくれた旦那様に応えたいと思い、参加を決意したのです。

それに私は、過去にもゴブリン討伐に出向いたことはあります。たとえ旦那様が私を案じて討伐隊員に選ばなかったとしても、お世話になっている領地のためならばと志願したことでしょう。

さて、ゴブリン相手の山狩りが始まってから、それなりに時間が経ちました。

「エアインパクト！」

「グギャッ！」

ロイス坊ちゃまの魔法が、逃亡を図ったゴブリンの背中に当たりました。魔法を受けたゴブリンは前のめりに倒れます。

私が指示を出すと、すぐさま他の兵が矢を射り、とどめを刺しました。

「父様、や、やりました」

「……ゴブリンを一匹転ばせただけであろう。調子に乗るな」

「え？　あ、はい……」

ロイス坊ちゃまが旦那様にアピールしますが、なかなか厳しい言葉が返されます。

ロイス坊ちゃまはしゅんっと肩を落としました。

単独行動を取った失態以降、旦那様はロイス坊ちゃまに対してかなり厳しい姿勢を取っております。兵士たちが同行しているため、体面もあるのでしょう。

今の攻撃はよかったとは思いますが、それ以外にいいところがないのも事実。兵士たちの心証もよくありません。

そんな中で、一度成功したからと褒めるようでは、隊の士気に関わります。だからあえて厳しく接しているのだと思います。

そうはいっても、やはりロイス坊ちゃまの魔法の腕はかなりのものです。最初こそ戦果を挙げようと先走り、失態をおかしてしまいましたが、そこからは旦那様のそばを離れることなく、他の兵士の援護に集中しています。

使う属性も慎重に選ぶようになりました。森での使用が好ましくない火属性魔法を迂闊《うかつ》に使うことはもうありません。風魔法を中心とした組み立てが一番無難なのです。

この様子であれば、先ほどみたいな無茶はもうされないとは思います。

しかし……このゴブリン、戦っているうちにわかりましたが、動きに若干の統率性を感じます。ゴブリンは魔物の中では特に狡賢いことで有名ではありますが、それでも知性は人に劣ります。ですが、戦闘において陣形を組んだり、劣勢とみるや今のようにすぐに逃走を試みたりと、動きにある程度の知性が感じられるのです。

一つ思い当たることがあり、私は旦那様に話しかけました。

「旦那様……実は一つ気になることが」

「ふむ、なんだスワロー？　申してみろ」

許可が出たので、私は進言します。

「ゴブリンの動きが普通に比べて統率されています。これはもしかしたら、ゴブリンロードが現れたのかもしれません」

「……やはりそう思うか」

どうやら旦那様もその可能性を危惧《きぐ》していたようです。

私の言葉を盗み聞きしていた周囲の兵士たちから、ざわめきが起こります。

「お、おい、ゴブリンロードって、本当かよ……」

「それだと、流石にこの人数では勝ち目がないのでは？」

兵士たちの間に動揺が広がりました。ロイス坊ちゃまも不安そうにしています。

彼らの多くは実際にゴブリンロードと戦ったことはないでしょうが、その強さは噂レベルでなら知っているはずです。

ゴブリンロードは一筋縄ではいかない相手です。かつて私もゴブリンロード討伐に参加したことがありますが、その時は千の兵力で向かい、五百の命が失われました。辛くも討伐できて一定の報酬は得られましたが、兵士の半数を失う戦いなど勝利とは程遠いものです。

あの時のゴブリンロードは、まだ生まれて間もない個体でした。

今までの様子を見ている限り、私が前に参加した時よりも状況が悪い気がします。遭遇する数も多く、相当数のゴブリンが潜伏していると思われます。

もしそうであるなら、これはもはやエイガ家だけの問題では済まないかもしれません……とにかく状況を見極め、対策を練らないと。

私は旦那様とそういった会話をし、とりあえずもう少し調査を続けてから今後について考えることにしました。

ですが――それから少しして状況に変化が現れました。ゴブリンと遭遇する頻度が減り、さらにゴブリンの動きが精彩《せいさい》を欠くものとなってきたのです。明らかに動きがバラバラになっていました。

これはまさに、私もよく知る有象無象のゴブリンの動きと同じです。これまでより討伐が楽になり、兵士の勢いが増してきました。

「ウィンドカッター！」

「ギャッ！」

「よしっ！」

ロイス坊ちゃまの魔法もよく当たっています。今までのゴブリンは坊ちゃまの魔法では一撃で仕留められませんでしたが、今は一発で倒される個体も出てきています。

この弱体化は喜ばしいことですが、明らかに何かが変ですね……

「父様、どうやら先ほどのスワローの指摘は見当違いなものだったようです」

ロイス坊ちゃまが得意げに語ります。そして細めた目を私に向けてきました。どうやら私を馬鹿にしているようですが、特に気にすることではありませんね。もしゴブリンロードに関する私の予測が外れていたなら、それに越したことはないのですから。

とはいえ、やはりこの変化は気になるところではありますが――

「う、うわぁあああぁあ！」

「た、大変だ！　猿が、化け猿が出たぞ！」

すると突然、ゴブリンを討伐していた兵士たちが緊迫した声を上げました。兵士たちが見上げている方へ目を向けると、大木の枝に乗っている猿の姿。

確かに大きいです。この隊で一番大きい者の身長は百八十センチ程度ですが、その者の二回り以上はあります。

大猿は枝から飛び下り、旦那様とロイス坊ちゃまの近くに着地しました。

私はすぐさま大猿と旦那様との間に割って入りました。お二人のことは、執事として命に代えても守らなければいけません。

「ひ、ば、化け物！　す、スワロー！　意地でも僕と父様を守れよ！　そ、そうだ、お前にはそのおっぱいがあるんだから猿を誘惑しろ！　猿は人の雌を好むと言われてるしな！」

な、何か凄く失礼なことを言われている気がします。確かに私は女ですが、そのような扱いを受けるのはいささか心外です。

「ウホッ！」

私の正面に立っていた巨大な猿は……頭に手を置いて、なんというか、なんでしょう？　突然くるくると回り始めました。足踏みもしてますが、威嚇、とは違うようです。

その時、私は猿が何かを手にしているのに気づきました。あれはいったい――

「おお！　これはきっと求愛のポーズ！　やはり猿は人の女が好きなんだな。スワローよ、そのおっぱいでしっかり誘惑して油断を誘え！　その間に僕が倒す！」

「ロイス、お前は少し黙っていなさい」

ロイス坊ちゃまにツッコんでいる暇はなかったのですが、旦那様が制してくれて助かりました。

しかし、この猿はいったいどういうつもりなのでしょう？

ま、まさか本気で私に、なんてことはないですよね？

「ウホッ！」

怪訝に思っていると、猿は軽快な動きを止め、手にしていたものを地面に置きました。

「ヒッ、な、なんだこれ！」

「あ、頭だ！　頭だぞ！」

「な、人の頭か！　やはりこいつ俺たちを！」

「待て！」

兵士たちが騒然となりますが、旦那様がそれを鎮《しず》めます。

私は改めて、置かれたそれを確認します。

「これは、ゴブリンロード……の首？」

「ウホウホッ♪」

大きな猿が、妙に陽気な声を上げて、再びくるくる回転を始めました。なんというか……敵意をまったく感じず、どことなく友好的にすら思えるのですが……

すると、ガサゴソと草木の擦《こす》れる音、そして近くに何者かの気配。

まさか、また何かやってきたのでしょうか？

「あ、みんなここにいたんだね」

藪を掻き分けて現れたのは、ジン坊ちゃまでした。隣にはマガミの姿もあります。

「え？　な、なんでジン、お前がここに！」

ロイス坊ちゃまが驚きの声を上げますが、ジン坊ちゃまはそれを無視して大猿に話しかけます。

「おお！　なんだお前、こんなところにいたのか～。うん、さっきは助かったよ～」

「ガウガウ！」

「ウホッ、ウホウホッ！」

ジン坊ちゃまは、大猿と随分親しげでした。

「何？」

そんなジン坊ちゃまの様子に、旦那様が眉をひそめます。これはいったい……？

◇◆◇

俺は藪の中から、エンコウがゴブリンロードの首を持ってみんなの前に姿を晒すのを見守っていた。

しかし、兄貴、ビビりすぎだろ……その上、スワローに誘惑しろとかアホか――エンコウが人間の女性なんかに――

「いや、なんか浮かれてないかあいつ？」

「クゥ～ン……」

まさか本当に人間の女性に興味があるのだろうか？　人間の先祖は猿とか、そんな話を日ノ本で聞いたことがあったけどさぁ。

ま、まぁスワローは色々女性らしい部分もあるから、わからないでもないけど。

とにかく、ここまでは予定通り。いよいよ俺の出番だな。

俺はマガミと一緒に草木を掻き分けながら姿を見せた。

「あ、みんなここにいたんだね」

「え？　な、なんでジン、お前がここに！」

兄貴が驚いたように声を上げた。相変わらず、俺に対する嫌悪感が凄いな。忌々《いまいま》しげな顔で俺を見てくる。

さて、スワローと父上もこちらに注目している。ここから一芝居《ひとしばい》打って上手く誘導しなければ。

「おお！　なんだお前、こんなところにいたのか～。うん、さっきは助かったよ～」

「ガウガウ！」

「ウホッ、ウホウホッ！」

エンコウに向けて感謝の言葉を述べる。マガミも俺に合わせ、親しみを込めた鳴き声を上げた。

「何？」

それに父上が反応を見せ、続けて尋ねてきた。

「……ジン、この猿を知っているのか？」

「はい。実はさっき、ゴブリンに襲われていたところを助けてもらったんです。最初は驚いたけど悪い猿じゃないみたいですよ」

「ウホッ、ウホッ！」

エンコウは両手を叩き、俺のことをさっき知ったというジェスチャーをした。ついでに敵対心がないことのアピールも忘れない。

「あれれ～？　それ何かな～？　ゴブリンなの？　凄く大きな頭だね。もしかしてお前がやったのかい？」

「ウホウホッ！」

今度は胸を張り、右手でその胸をドンッと叩いて得意がった。なんというか、こういうところはちょっと人間臭いな。

「……つまり、ゴブリンやゴブリンロードを倒したのは、この巨大な猿ということか」

お、父上がいい感じに理解してくれた。流石だなぁ。

俺はここぞとばかりに同意して、説明を畳《たた》みかける。

「はい、きっとそうですよ。僕をゴブリンから助けてくれた時はすごく強かったですもん。でも、僕には一切危害を加えてこなかったし、人に悪さをするような猿じゃないと思います。それにこんな化け物も倒してくれたんだし、頼りになるいい子ですよ。父様」

「ガウガウ！」

「ウホウホ♪」

エンコウがニカッと笑顔を見せて、自分は善良な猿だとアピールした。ここでしっかりエンコウが敵ではないと知ってもらわないと、猿たちの生活が脅《おびや》かされてしまう。

これまでは猿たちに命じてあまり人目につかないようにしてもらっていたけど、ここで人に対して協力的だと認められればそんな必要もなくなるし、ゴブリンロードを倒した事実も伝えられる。

俺としては一石二鳥な展開だ。

「……坊ちゃまは、このお猿さんと随分仲がいいのですね」

兵士たちがざわつく中、スワローが問うように言ってきた。

ここは、あくまでさっき知ったばかりという感じでいかないと。

「いや、僕もさっき助けてもらって知り合ったばかりだからね。きっと元々人懐っこいんだと思うよ」

「左様でしたか。でも確かにこれであれば……」

「もういい、下手な芝居はよせ」

スワローが納得してくれそうだったその時、父上が俺に目を向け、全てを見抜いたかのように口にした。

「え？　芝居、ですか？」

驚いてつい聞き返してしまった。いや、実際に芝居ではあるんだけど、忍者の俺がまさか見抜かれるなんて……

確かに前世の里で、お前は人を騙《だま》すような演技は無理だな、なんて言われたことはあったけど、それは昔のことだし！

とりあえず、曖昧《あいまい》に笑っておく。

「はは、父様。ご、御冗談を……」

「いったいどういう経緯でお前がその猿を手懐けたかはわからないが、その銀狼のこともある。動物に好かれる素質があるのかもしれんな。どちらにせよ、たまたまお前がゴブリンに襲われていたところに、その大猿がたまたま通りかかって助けた上、ゴブリンロードまで倒したなど、あまりにできすぎた話だ」

くっ、演技ではなくてシナリオがまずかったか！　確かにそう言われてみればそんな気もするが、だからって俺が手懐けたと説明する方が無理があるだろう！

「嫌だなぁ、父様も冗談が上手い。僕みたいな子どもがこんな大猿を手懐けるなんて、できるわけないですって。スワローもそう思うだろ？」

「……申し訳ございません、坊ちゃま。擁護《ようご》したいのは山々ですが、その、私も実は最初から無理があるなとは思っていました」

本当かよ！　さっきのは、あえて合わせてくれていたってことなのか！

「それで、どうなんだ？」

父上が問いかけてくる。

「……ふぅ――」

俺はため息をついた。

ごまかそうとしても無理そうだ。

勿論前世のことまで説明するつもりはないが、ある程度正直に話すことにする。

「わかりました、話します。ただ、こんなことを言っても信じてもらえないと思って正直に言わなかったことはわかってください」

「……つまり、坊ちゃまがこの大きな猿に命じてゴブリンロードを？」

「いや、それは違う。そこだけは否定させてもらうよ」

ゴブリンロードを倒したことに関しては、少しでも俺が関与していると思われたくはない。また余計な説明をしなければいけなくなるしね。

「この大猿とは以前森で出会って、その時に妙に馬があって仲良くなったんだ。そこはマガミと一緒だよ」

「……何故こやつがゴブリンロードを倒した？」

「多分、僕が前にゴブリンについて話をしたことがあったから、それで動いてくれたんだと思います。こいつは凄く賢いし、他にもたくさん猿の仲間がいるから、協力してゴブリンのボスを見つけてくれたんでしょう」

「お前は今、この猿と仲良くなったと言っていたな。それはかなり前からの話じゃないか？」

わりと核心をついてくるな。

「どうしてそうだと？」

「以前、猿が悪さをしているという話が領内であった。だがいつからか、それがピタリとやんだのだ。それにお前が関わっているのではないか？」

その話を持ち出してきたか。流石に記憶力と洞察力が高いな。

「……もしもそうだったら、猿たちをどうする気ですか？」

「……特に何もするつもりはないが、今後は責任を持ってお前に管理してもらうことにはなるな」

「え？　それでいいんですか？」

拍子抜けしてそう聞くと、スワローが言う。

「坊ちゃま。猿たちは確かに以前は悪さをしていると言われていましたが、幸い人に大怪我をさせるほどのものではありませんでした。逆に、悪さをしなくなってからは、山菜を取りに来た人に木の実を置いていったのが目撃されたり、川で溺れそうになっていた子どもを助けて感謝する人もいたくらいなんですよ」

そうだったのか。そこまでは知らなかったな。人に危害を加えるなとは伝えていたんだけど、人助けまでしていたなんてね。

「それで、どうなんだ？」

「……父様の言う通りです。この猿と仲良くなったのは、確かにその頃からですね」

「……そうか。そうなるとこのゴブリンの件は、間接的ではあるがお前が解決したことになるな」

「え？」

父上の発言に俺が驚いていると、慌てた様子で兄貴が口を挟んでくる。

「ま、待ってください父様！　騙されてはいけません！」

「騙されるだと？」

「そうです父様！　きっとその猿は魔獣だ！　ジンはその魔獣に操られているんですよ！」

「僕が操られているだって？」

「まぁ、ジン坊ちゃまが」

「ウホッ？」

「ガルゥ……」

兄貴の発言にはすっかり驚かされてしまった。なんと俺はエンコウに操られていたらしいのだ！　これは驚きの事実だ！　いつの間に！

って、そんなはずないな、アホらしい。スワローも反応はしているけど、当然信じてはいないだろう。エンコウは何言ってるんだこいつ？　という顔だし、マガミに至ってはただただ呆れている。

「僕が操られているなんて悪い冗談だよ、兄さん」

「ふん、私は騙されないぞ！　大体おかしいのです。魔力もないような出来損ないに、このような猿を手懐けられるわけがない！」

「だから操られていると、お前は言うのか？」

「そうです父様。魔獣の中には相手を洗脳する力を持つものもいると、私は書物で知りました。きっとこいつはこの猿に操られて！」

「目的はなんだ？」

「はい？」

そこは俺も普通にツッコミたいところだったわけだが、代わりに父上が聞いてくれた。

「だから、目的はなんなのか？　と聞いている」

「そ、それはきっと弟を利用して父様を追い落とそうと……そうだ、きっとそんなよからぬことを考えているに決まっている。父様、こうなっては仕方ありません。私も心苦しいですが――おい兵士たち、この猿と弟を捕らえるのだ！　それが無理なら殺してでもなんとかしろ！」

「「「「え？」」」」

突然の兄貴の命令に、兵士たちが戸惑っていた。そりゃそうだ。父上を飛び越えてそんな命令出されてもな。

「よさんが馬鹿者。お前は勝手に命令できる立場ではない」

「し、しかしこのままでは、領地に被害が……」

父上に叱られて兄貴は悔しそうだが、怒られて当たり前だと思うんだけどな。

「ウホッウホッ」

「ガウ、ガウガウ」

そしてエンコウとマガミは何事かを話し合っている。雰囲気的に、あいつはなんだ？　あれはジンの馬鹿兄だよ、とか語り合ってそうに思える。

その時、スワローが兄貴に話しかけた。

「ロイス坊ちゃま、一つよろしいでしょうか？」

「う、うるさいよくない！　お前は黙ってろ！」

「構わん。なんだスワロー？」

「はい。今、ロイス坊ちゃまは領地に被害が、と仰いましたが、その元凶たるゴブリンをこの猿は退治しております。ゴブリンロードも、です。ジン坊ちゃまを操り、この領地に危害を加えるつもりなら、そのような真似をする意味がないと思いますが」

「え？　そ、それは、ご、ゴブリンが邪魔だったからだよ！」

するると、今度は父上が発言する。

「だとしても、自ら動いた理由がわからないな。ジンを操って悪巧みを考えるほど賢いなら、もっと他に楽なやり方を実行するはずだ」

「そ、それは、うぅ……」

スワローと父上の正論に、兄貴はぐうの音も出ないといった様子だ。

「ふぅ、ロイスよ。お前も今後人の上に立つつもりがあるなら、もう少し考えてから物を言うがいい。とにかく、この大猿のおかげでゴブリンの脅威が去った。それは事実だ」

父上が結論を出すと、それに兵士たちが反応して騒ぎだす。

「おお、つまりジン坊ちゃまの功績か」

「魔法が使えぬというのに、ここまでご活躍なさるとはな」

「やはりエイガ家の血筋は伊達《だて》ではないということか」

参ったな……あまり目立って、本来の力について勘ぐられたりするのが嫌だから、これまで大人しくしていたのに。とにかくだ。

「父様、ゴブリンの件は僕ではなくここにいる大猿の功績です。僕はただ仲良くなったというだけなので」

「そ、そうだぞ！　お前は何もしてないではないか！　それなのに功績だなんておこがましい！」

「……確かに、ゴブリンロードを倒したのはその大猿だ。そうである以上、純粋な功績とはいえないだろう」

「そうだそうだ！　お前はあれだ！　ドラゴンの威を借るワイバーンだ！」

兄貴が叫んでるのは、日ノ本で言う虎の威を借る狐みたいなもんか。ワイバーンは竜の一種だが、ドラゴンと比べると弱く劣等種とされる。要するに、兄貴の言っていることは悪口である。

ま、ワイバーンも冒険者の間では恐れられている強大な存在なんだけどね。

父上は兄貴を制して言葉を続ける。

「……とはいえ、先ほども言ったが、間接的にお前が関係していたことも事実だ。何もなしというわけにもいくまい。褒美をやろう、何か欲しいものはあるか？」

「え！」

兄貴が驚き、凄い目で俺を睨んできた。嫉妬心がありありと見える。いや、そんな目で見られても、俺が望んだことじゃないんだがなぁ。

「褒美と言われても……そうだ、猿たちに危害を加えないでもらえますか？　実はこの大猿の仲間も、色々僕を助けてくれているんです。今回一番貢献《こうけん》したのは猿たちですし」

「それは当然だ。その大猿を含めた猿たちが人に危害を加えない限りは、こちらも手出しはしない。冒険者ギルドや町の住人に伝えておくとしよう。しかしそれでは褒美にならんな。他に何かあるか？」

どうやらエンコウがゴブリンロードを倒したことも、しっかり評価してくれているようだ。それは嬉しいけど、他に褒美と言われてもね。

「う〜ん、今すぐには思いつかないですね……」

「そうか、ならば、とりあえず保留にしておく。何か思いついた時に言うがいい」

「ありがとうございます、父様。それで、これからどうするおつもりですか？」

「……我々はしばらくこの一帯を調査し、残りのゴブリンを狩ることになる。ゴブリンロードは倒されたが、生まれたゴブリンが全ていなくなったわけでもないだろうからな」

「ならエンコウがゴブリンロードのいた場所を知っていると思うし、そこも見てみるといいかもしれないですね」

「エンコウ？」

「あ……」

しまった。つい名前を口に出してしまった……

父上は表情を緩めて言う。

「ふっ、確かに、名前があった方が呼びやすいだろう」

「え、あ、はい、そうなんです。ちょっと言うタイミングを逃したんだけど、エンコウっていいます。それで、必要でしたらエンコウが案内してくれると思います」

「そうか、ならば頼むとしよう。お前も来るか？」

「いえ、僕はマガミと町に行きます。友達のことが気になりますし」

「友達……町に友達がいたのか」

「はい。いい奴ですよ。そいつの妹がゴブリンの件でちょっと大変でしたけど、それも無事解決しました」

これ以上父上と一緒に行動してもな、特にゴブリン関係は深く関わるべきじゃない。デック兄妹を口実に、離れさせてもらおう。それに、二人のことが気になるのは事実だ。

「……なるほど、それがあってか」

「え？」

「いや、こちらの話だ。わかった、あとはこのエンコウに案内してもらおう」

「ウホッ！」

エンコウが胸を叩いて、任せてほしいとアピールした。道も覚えているだろうし、問題ないと思う。

「ちょ、ちょっと待ってください父様。ほ、本当にこんな化け猿を信じるのですか？」

「……嫌なら先に戻っても構わぬ。ここから先は、我々だけで十分だろう」

「そ、そんな！　行きます！　最後まで手伝います！」

結局ブツブツ文句を言いつつ、兄貴は父上についていった。去り際に睨まれたし、どうもまた、兄貴から恨みを買った気がしてならない。

ま、いっか。別に、兄貴に何を思われようが関係ないしな。

俺はマガミと町に向かうことにした。

「さ、町に行くか」

「ガウ！」

◇◆◇

【スワロー視点】


ジン坊ちゃまと一旦別れ、私は旦那様とロイス坊ちゃまに続いて、あのエンコウという大猿についていきました。道中で何度か生き残りのゴブリンと遭遇しましたが、エンコウの強さは凄まじく、腕を軽く一振りしただけで数匹がまとめて吹き飛ばされていきます。

兵士たちも随分と驚いていました。ゴブリンロードが死んだことで弱体化したとはいえ、ここまであっさり倒せるものではないでしょう。

その光景に多くの兵士は感心してましたが、ロイス坊ちゃまだけは面白くなさそうにしておりました。

ジン坊ちゃまと遭遇する前は、ロイス坊ちゃまの魔法も援護に役立ってきておりましたが、エンコウと合流してからは何もできないでいるので、ふてくされているのでしょう。

もっともこれは、他の兵士も同じです。ただ彼らは午前中のゴブリンとの戦いで疲弊しているので、エンコウが全て片づけてくれるのはありがたいとも感じているでしょうが。

これであれば、しばらくは問題なさそうです。

私は意を決して口を開きました。

「旦那様……少しよろしいでしょうか？」

「は？　何を言っている！　父様はお疲れなのだ！　こんな時に貴様になど！」

旦那様に声をかけるとロイス坊ちゃまが怒鳴りだしましたが、旦那様は手でそれを制します。

「ロイス、お前は先に行っていろ。私たちもすぐに追いつく」

「へ？　いやしかし……」

「これは命令だ」

「は、はい、わかりました……」

不承不承《ふしょうぶしょう》といった様子ではありましたが、ロイス坊ちゃまは駆け足で先行していた兵士たちのあとを追っていきました。

ここには私と旦那様だけが残った形です。

「申し訳ありません、旦那様。お時間は取らせませんので」

「構わん。それでどうした、改まって？」

「はい……差し出がましいことを口にいたしますが……ジン坊ちゃまのことです」

「ジンか……あいつがどうかしたのか？」

正直、今ここで言うべきか迷いました。ただ、今だからこそ進言しておきたい、私はそう思ったのです。

「……ジン坊ちゃまを、もっと褒めて差し上げることはできないでしょうか？」

「何？」

旦那様が眉をひそめました。

不躾な話だという自覚はあります。ですが、どうしても私には、旦那様はジン坊ちゃまとの間に溝《みぞ》を作っているように感じられて仕方ないのです。

「……私はあいつに褒美をやると約束した。それでは駄目だったか？」

一瞬怪訝な顔を見せた旦那様でしたが、目を細め、そう返してきました。

ですが――

「それはただ与えているだけです。そうではなく、一言『よくやった』とだけでも、伝えていただければ……ジン坊ちゃまもお喜びになるかと」

「……よくやった、か。だが、ジン本人も認めているように、実際にゴブリンロードを倒したのはあのエンコウという大猿だ。ジンではない」

「しかし……」

「それに、私はロイスのことも褒めてはいない。それなのに、今ジンを褒めてどうする」

「……それは、ロイス坊ちゃまが傷つくからということですか？　それならば、ロイス坊ちゃまのいらっしゃらないところで――」

「スワロー――お前がジンを心配してくれているのはわかる。だが、あいつには魔力がない。それが現実だ。少なくともジンは、エイガ家においては落ちこぼれであり、ロイスには魔法士としての才能がある」

「……魔法の才能がないから、お褒めにならないと？」

「そう捉えてくれて構わない。下手に褒めて勘違いされても困る。エイガ家にいる限り、魔法が使えないことは致命的な欠陥なのだからな」

「……つまり魔法が使えない限り、ジン坊ちゃまを認めるおつもりも、褒めるおつもりもないと？」

「そうだ。我がエイガ家の子である以上、魔法が使えなければ……価値はない――」

そう口にした旦那様は、とても険しい顔をしておりましたが、それでいてどこか心苦しそうにも感じられました。

エイガ家は魔法で地位を築いた家系です。多くの素質ある魔法士が生まれ、育ち、そして貴族の専属魔法士や王宮魔法士、そして偉大な魔導士として活躍してきた歴史があります。

だからこそ魔力が測定不能だったジン坊ちゃまは旦那様にとって異端であり、受け入れられないのでしょう。そういう意味では、エイガ家は魔法というものに縛られすぎている気もします。

ジン坊ちゃまに見せる頑《かたく》なな態度もその表れと言えます。ですが、だからといってジン坊ちゃまをまったく気にしていないとは思えないのですが。

「……用がそれだけなら、これ以上話すことはない。先を急ぐぞ」

「……はい」

「――ジンは精神的にはタフな男だ。あえて褒めてなどやらなくても、割り切って考えることだろう」

……そう判断されるあたり、やはり、まったくジン坊ちゃまのことを見ていないというわけではないのでしょうね――

「不躾な発言、失礼いたしました」

「構わない。お前はよくやってくれている。言いたいことがあれば、これからも述べるがいい。ジンに関しては、どうしようもないがな。ただ、剣の才能があるなら、これからも伸ばしてやってくれ。何もないよりは、何か一つでも秀でているものがあった方がよい。家を出てからも役立つだろう」

「……承知いたしました。誠心誠意、務めさせていただきます」

旦那様は一つ頷き、先を進みました。私もつき従います。

旦那様は、きっと心のどこかでわかっているのだと思います。剣の才能と仰っていましたが、ジン坊ちゃまは他にも、人より優れたものをお持ちな気がしてならないからです。

それは今回のことでよくわかりました。銀狼にしても、あれだけの大猿にしても、普通はあそこまで懐くことはないでしょう。

しかしそれを成し遂げたジン坊ちゃまには、何か特別な力があるのかもしれません。

思えば私との訓練においても、ジン坊ちゃまはとても熱心に取り組んでいる一方で、どこか余力を残しているように感じられます。

ジン坊ちゃまから感じられる余裕も、そういった面が関係しているのかもしれません。

旦那様が言われるように、私もジン坊ちゃまは剣の才能を伸ばし、その方面、たとえば騎士などになり名声を博するのでは、と考えておりました。

ですが、今は少し異なります。旦那様がどう思われているかはわかりませんが、ジン坊ちゃまならばいずれは、無理だと言われている魔法も使いこなす日が来るのではないか。そんな気さえしているのです。

勿論、根拠があるわけではないのですけどね……それに、もしジン坊ちゃまにそのような力が目覚めたとしても、よほどのことがない限り披露したりしないと思いますが……

おっといけません、このような詮無きこと、今考えることでもありませんね……とにかく私は旦那様とエンコウのあとを追いました——

◇◆◇

【デトラ視点】


「ウギャァアァアアア！　猿の化け物だぁあぁああ！」

私がエンコウちゃんの肩に乗って町まで戻ると、門番さんが凄い叫び声を上げてひっくり返り、這いつくばるようにしながら町に入ろうとした。

一瞬、大げさだな、なんて思ったりしたけど、よく考えてみたらさっきの私も似たようなものだった……うぅ、今思うと少し恥ずかしい。

それより、このままでは誤解されてしまう。

私はエンコウちゃんの肩に乗ったまま呼びかけた。

「あの！　門番さん、大丈夫です！　この子、悪い猿じゃありませんから！」

「へ？　この声、女の子？」

私の声を聞いて、門番さんがエンコウちゃんを見上げてきた。そして目を丸くする。どうやら私に気がついたみたい。

「あ！　君はデトラちゃんだね！　心配してたんだよ。でも、どうして猿の上なんかに？」

私が町からこっそり抜け出したのは、もう門番さんに知られてしまっているみたい。あとで怒られるかもしれないけど、それは覚悟の上。

「はい。実は森に薬草を探しに行ったんですけど、ゴブリンに襲われてしまって」

「え！　ゴブリンに！　だ、だから言わんこっちゃない！」

「あ、でも、大丈夫なんです。私のことをジンさんが助けてくれて」

「エイガ様が!?　じゃあ、エイガ様と会えたんだね？」

「は、はい」

私が門番さんと話していると、お兄ちゃんが駆けつけてきてくれた。横にはバーモンドさんもいる。

「デトラ！　よかった、無事だったんだな……って、なんだその猿！」

お兄ちゃんが叫んだ。

「ひ、ひぃ化け物！　化け物がデトラちゃんを！」

続いて、バーモンドさんも叫び声を上げる。お兄ちゃんも驚いているけど、それ以上にバーモンドさんの驚き方が凄い。完全に腰を抜かしている。

「お兄ちゃんもバーモンドさんも落ち着いてください。今、説明するので」

そう言ったあとエンコウちゃんにお願いすると、理解してくれたようで、私を地面に下ろしてくれた。凄く賢いお猿さんだなぁ。

それから、私はみんなに森であったことを話す。ジンさんの活躍ぶりは私の目に焼きついていたので、つい説明に熱が入っちゃった。

「――ということがあって」

そう締めくくると、門番さんがまず口を開く。

「なんと、エイガ様は大猿を飼われていたのか……しかもゴブリンをあっさりと……」

「あいつ、やっぱ凄い男だったんだな――」

お兄ちゃんが感心して呟くと、バーモンドさんは慌てたように言う。

「ちょ、ちょ、ちょっと待つのです！　そんな馬鹿なことがあるわけない！　あいつは魔力がゼロと測定された出来損ないですよ！　それなのにそんな猿が仲間になるなんて、ありえない！　きっとよからぬことを！」

「ムキィイイイ！」

「ひ、ひぃいいいいいい！」

ジンさんを悪く言われているとわかったのか、エンコウちゃんが両手を振り上げて怒りだした。手は出してないけど、バーモンドさんはまたひっくり返ってしまう。

「エンコウちゃん、落ち着いて」

「ウキィ～」

私がなだめると、エンコウちゃんはすぐに大人しくなった。

エンコウちゃんは大きいし、初めて会った時は私もびっくりしちゃったけど、とてもいい子なの。途中で木の実を採って私にくれたりした。優しいお猿さんなんだよね。

「ラポムのことは放っておいていい。ジンのことを悪く言ったんだから当然だ」

「ま、まぁそうかもしれませんね。実害はないですし」

呆れた調子で言うお兄ちゃんに、門番さんが同意した。

私もあまりジンさんのことを悪く言ってほしくない。

「ウホッ」

その時、エンコウちゃんがくるりと背中を見せる。

「あ、もう行くの？　エンコウちゃん」

「ウホウホッ！」

私が問いかけるとエンコウちゃんが頷いた。ジンさんのことが心配なんだと思う。

私たちは、走り去るエンコウちゃんを見送った。

「あ、薬屋さんに材料を届けないと。バファル草をジンさんが見つけてくれたの、お兄ちゃん！」

「本当か？　まったくあいつは、本当にやってくれる。それじゃあ、すぐ届けに行ってくれ。俺はもう少しここにいるよ」

「うん！」

「せ、拙も一緒に行きますよ」

「いや、なんでだよ」

バーモンドさんが立ち上がってそう言ってくれたけど、お兄ちゃんは不機嫌そう。

「拙は薬屋にも顔が利くのです。お母さんのためにも、すぐ調合してもらう必要があるでしょう？」

「……それなら助かる。ありがとう」

「ふん、別に貴方のためじゃありませんよ」

「バーモンドさん、ありがとう」

「いやいや、これくらいお安い御用ですよ！」

何故か、お兄ちゃんと私との対応が違う気がするけど、なんでかな？　お兄ちゃんとも前は仲がよかったはずなんだけど……バーモンドさんがジンさんのことをよく思ってないのが関係しているのかな……それは私も悲しいな。

でも、薬をすぐ調合してもらえるのは嬉しい。

バーモンドさんと私は薬屋さんに向かった。

薬師のおじさんにバファル草を見せると、目を輝かせた。

「おお！　これはバファル草じゃないか。これがあれば魔邪の薬が作れるぞ！」

「まぁ色々忙しいとは思いますが、拙の顔を立ててここは一つ……」

「デトラちゃん！　君のお母さんが魔邪だったたね。安心しな、すぐに薬をこしらえてやるぞ！」

「あ、はい、ありがとうございます」

「……いや、あの拙の顔を……」

「よし、急ぐぞ！」

「いや、だから拙の顔」

「うるせぇな、これから薬の調合に入るんだから、ちょっとどけ。邪魔すんな！」

「…………」

薬師のおじさんは、すぐに作業に取りかかってくれた。薬ができたら届けてくれるそう。

いいおじさんでよかったけど、バーモンドさんはいなくてもよかったような……いや、いけないいけない。助けてくれると言ってくれたことには感謝しないと。

帰り道、私はバーモンドさんにお礼の言葉を伝える。

「バーモンドさん、ありがとうございました」

「え？　あ、はは、何、これくらいお安いご用です。拙がいたから、彼もすぐに動いてくれたのでしょう！」

「あ、うん……でも、薬の素材を見つけてくれたジンさんは、やっぱり凄いな……」

「そ、その件ですが、あいつはあまり信用しない方がいいと、拙は思うのです」

……バーモンドさんの言っている意味がわからない。何故そんなことを言うんだろう？

「……ジンさんは私を助けてくれたし、お母さんを治せる薬の素材も見つけてくれたんですよ」

「それは、きっと何か下心があるんです！　そうに決まってる！　大体、おこがましいにもほどがある。ロイス様の許可なく勝手にそんなこと！」

「でも、ジンさんが助けてくれなかったら私、どうなってたかわからないんですよ？」

「へ？　いや、それは……」

「……助けてくれた人のことを悪く言われるのは、あまりいい気分しないです……」

「な！　ち、違う、拙は、その、一般論というか、ただほど怖いものはないというか！」

バーモンドさんがわたわたと慌て始めた。ちょっと意地悪な言い方になっちゃったかな？

でも……やっぱり悪く言われるのは嫌だもん――

「あ、ここでいいです。送ってくれてありがとうございました」

「え？　いやでも、何かあったら大変だし！」

「でも、家はもうすぐそこだから……」

「あ、あぁ、いつの間に。そ、そうですね。それじゃあまた」

「はい。あ、借りてた本は今度お返しするので」

「いやいや、それはいつでもいいですから！　それじゃあ！」

バーモンドさんは足早に去っていった。

本を貸してくれたのは、嬉しかったんだけどな……あっ、とにかく急がないと。

家に帰って、魔邪の薬ができることを知らせようとしたら、お父さんが物凄く怖い顔で怒鳴った。

「デトラ！　こんな時にいったいどこに行ってたんだ！　デックも心配していた、私もだ！」

「ご、ごめんなさいお父さん。その、森に行ってて……」

「森だと？　お前、何を考えてるんだ！　森は今とても危険なんだぞ！　それなのに！」

それからお父さんに随分と怒られたけど……とにかく、薬の素材が見つかったことを伝える。

お父さんが目を丸くして言う。

「何？　本当に素材が？」

「う、うん！　あのね、ジンさんが探してくれたの。私がゴブリンに襲われたところも助けてくれたんだよ！」

「ご、ゴブリン？　ゴブリンってお前……」

「あ、お父さんしっかりして！」

急にお父さんが、力が抜けたように床に座り込んじゃった……

「勘弁してくれ……それで何かあったら、俺はあいつに申し訳が立たないだろう……」

お母さんの部屋をチラッと見ながら、お父さんが力のない声で言った。

心配かけちゃった……今思えば、私は本当に無茶したんだなって思う。

「本当にごめんなさい……」

「……はぁ、言いたいことは山ほどあるが、もういい。それにしてもジン様か……町でも評判は聞いていたが、デックの剣の稽古もつけてくれているし、本当に世話になりっぱなしだな。ちゃんとお礼をしないと……」

そういえば、そうだった。ジンさんは領主様のご子息だったよね。気さくな人だから、ついつい忘れてしまう。

最初はただのお兄ちゃんの友達だと思ってたけど、この間、貴族様だとわかって「エイガ様」と呼んだら、「これまで通りの呼び方でいいよ」と言ってくれたんだ。

それから私はお母さんの様子を見に行った。大分魔邪が進行しているみたいで、息も荒いし心配だったけど、ほどなくして薬師のおじさんが薬を届けてくれた。

早速お母さんに飲ませてあげたら、段々と息が整ってきて苦しそうな表情も和らいでいった。熱も引いてきて、ついには目も開けて、お父さんと会話もしていた。これならもう大丈夫だって薬師のおじさんが言ってくれた。本当によかった……

お母さんの病気が治って、いても立ってもいられなかった私は外に飛び出した。

「私、お兄ちゃんに知らせてくる！」

家を出て門の前まで走っていったら、お兄ちゃんが立っていた。門の外をじっと真剣な目で見つめている。

「お兄ちゃん！　薬のおかげで、お母さんの容態もよくなったよ！　もう大丈夫だろうって薬師のおじさんが」

すると、お兄ちゃんの隣にいた門番さんが声を上げる。

「本当かい、それはよかったじゃないか！」

「そうか……！　本当によかった……これも全てあいつのおかげだ……」

お兄ちゃんが目を潤《うる》ませて言った。

「うんうん、それなら君も、すぐ家に戻った方がいいんじゃないかい？」

門番さんがお兄ちゃんに言う。

私もそう思って呼びに来たんだけど……

「……いや、もう少しここでジンが来るのを待ってる。デトラ、お前は家に戻って、母さんの様子を見ててやってくれ」

「へ？　いやいや、そもそもエイガ様が町に今日来るとは限らないし、もし会いたいのなら来た時に私が教えてあげるよ」

門番さんがそう言ったが、お兄ちゃんは首を横に振った。

「……いや、待ってる。なんか、そろそろ来る気がするんだ。そしたら直接お礼を言いたい」

お兄ちゃんは、ジンさんを待ちたいみたい。

それなら……

「私もお兄ちゃんと待つ！」

「いや、お前はいいだろう。母さんのそばにいてやれよ」

「ううん、お母さんはもう元気になってきてるし、今はお父さんと二人っきりにしてあげたいから」

「ええ！　本当にいいのかい？　エイガ様、いつ戻るかわからないんだよ？」

「……そうかもしれないけど、待ちたいんだ」

お兄ちゃんは、本当にジンさんのことを大切に思ってるんだね。今のお兄ちゃんにとって、かけがえのない友達なんだと思う。

「やれやれ、そんなこと言って、本当に俺が戻らなかったらどうすんだよ」

すると、聞き覚えのある声が耳に届いて、私は声を上げた。

「え？　あ、ジンさん」

「やぁ、無事エンコウが送り届けたみたいでよかったよ」

「おお、ジン！　畜生ジン、この野郎！　本当にお前、うぉおおぉおおお！　ありがとうよぉおおおぉお！」

「わ、馬鹿おま、抱きつくなって！」

ジンさんが戻って、そしたらお兄ちゃんが顔をくしゃくしゃにして抱きついて、そして滅多に見せない泣き顔でお礼を言っていた。ジンさんはちょっと困っていたけど、でも、私からもしっかり伝えたい……本当にありがとう——

◇◆◇

エンコウがデトラを送り届けてくれたのはわかっていたけど、薬のこととか気になることも多かったから、俺はマガミと町に向かった。

門の前まで着いたけれど、外に門番がいない。どうしたのかと思ったら、門の内側、つまり町の中にいてデックやデトラと話をしていた。

どうやらデックは門の前で俺を待ち続けるつもりだったらしい。デトラの話も聞こえてきて、無事に薬はできたことがわかった。お母さんも治ったみたいでよかった。

二人は、俺とマガミにはまだ気がついていない。

声をかけたらまず驚かれ、続いてデックに抱きつかれた。こいつは何故すぐ俺に抱きつく！

手で押しのけたけど、デックの奴、顔をくしゃくしゃにして、デトラと一緒に何度もお礼を言ってきた。

正直言って照れくさい。でも、無事に終わってよかった。

……勿論、冒険者には犠牲が出たんだけどな。

でも、ゴブリンロードは勢力が整うと、大量の兵を率いて町に侵攻してきたりする。それをスタンピードと呼ぶらしい。

そうなると、被害はこんなものでは済まなかっただろう。かつてはそれで町一つが壊滅したという話もあるようだし。そう思えば、被害は軽かったと言える。

とにかく、母親が無事なのは確認できた。

せっかくなので、ゴブリンロードが倒され、ゴブリン騒動もまもなく落ち着くだろうことを伝えておく。

「なんと！　エイガ様の活躍でゴブリンロードまで！」

するると、門番に大げさに驚かれてしまった。

「いや、そこまで言ってないよな！」

「隠すなって。あんな巨大な猿を従えてたんだから、それくらいできて当然だと俺は思うぞ」

「はい！　私もそう思います！」

「いや、確かにゴブリンロードはエンコウが倒したけどさ……」

本当は俺なんだけど、少なくともエンコウが倒したというのは父上も信じてくれたしな。

その父上やスワローたちは、エンコウの案内でゴブリンの巣に向かっている。そろそろ着いただろうか？

俺はゴブリンロードやゴブリン相手に結構派手に立ち回ったし、雷系の忍法も使ったが、まぁそのあたりはエンコウがやった風に見えるよう上手くごまかしておいた。

「やはりそうでしたか！　これは一大事だ！」

「待て待て、それはまだ他に言うなよ？　父様が正式に発表するはずだから」

「それはもう、えぇ、勿論！」

ほ、本当かな？　この門番は悪い奴じゃないけど、いまいち信用できないというか、うっかりしそうというか……

「ふぅ、まぁいいや。とにかく、デックとデトラのお母さんが無事でよかった。なら俺はそろそろ戻るよ」

「待て待て！　流石に、これだけしてもらってこのまま帰すわけにはいかない。そうだ！　今日は泊まってけよ！　俺の両親だってお礼を言いたいはずだ！」

「え？　泊まるって、いやでも家に何も言ってないしな……」

「それならばご安心を！　うちの兵を出して、知らせに走らせますよ！」

門番がそんなことを言ってきた。いや、でも――

「今は人手が足りないんじゃなかったか？」

「ははっ、確かにゴブリンの脅威があったからそうでしたが、エイガ様のおかげでその心配は無用になったわけですし！」

「いや、だから俺じゃないから、エンコウだから」

「とにかく、あとは私にお任せを！」

ドンッと門番が胸を叩いた。よかったなとデックが俺の背中を叩いてくる。デトラも嬉しそうだ。

そういえば俺、いつの間にか門番に「俺」って言ってたな。なんかこの門番なら素でいい気がしたんだよな。

しかし、ふぅ、仕方ない……こうなったら流石に断れないしな。

「マガミ、今日は町に泊まることになった」

「ガウ！　ガウガウ！」

するとマガミはやたら嬉しそうに尻尾を振りながら、俺の周りを走り始めた。いつも屋敷だから、町で過ごせるのが嬉しいのかもな。

というわけでデックの家にお邪魔したわけだが……

「いつもうちの馬鹿息子がお世話になっているのに、娘を助けてくれた上、薬まで、なんとお礼を言えばいいか！」

「私からもぜひお礼を、本当にありがとうございました」

「いやいや！　本当に大したことじゃないので！」

デックの両親から凄く感謝された。母親はかなり元気になったみたいだな。病み上がりだから無理しないでとは伝えておいたけど。

それにしても……デックは本当に父親似だな。そしてデトラは美人の母親似である。逆じゃなくてよかったな……

「なんか今、失礼なことを思わなかったか？」

「お前が父親似でよかったなと思っただけだ」

俺が言うと、デックの父親がデックの頭を小突いて豪快に笑う。

「はっは、確かにこいつは俺に似て頭が足りないからな。それなのに騎士を目指すなんて、面白い冗談を言う」

「よ、余計なことは言わなくっていいっての！」

ただそのあと、父親が言うに、デックは教会で週に何度か行われる勉強の場にも参加してるようだ。デックの奴、本格的に騎士を目指し始めているんだな。

「おい、大変だ、なんといつも町に遊びに来ているジン様がゴブリンロードを倒してくれたって……おお！　なんだいるじゃないか！」

「へ？」

すると、デックの家に男が一人飛び込んできて、そんなことを叫んだ。

な、なんか、そこはかとなく嫌な予感がするぞ――

「な、なに、ゴブリンロードだって！」

「いやいやちょっと待て！　どうしてそれを？」

「はは、門番さんが話してたよ」

やっぱりか！　あ、あいつめーーーー！

あとから事情を聞いたところ、ゴブリンの件はもう安心だと伝えるだけのつもりが、うっかり口が滑ってエンコウや俺のこともしゃべっちゃったとか……

おかげでそれからが大変だった。デックの家に泊まるだけのつもりが、町をあげての祭りだ！みたいな話になって、結局町中の住人が集まって俺を中心に飲めや歌えの大騒ぎに……串焼き屋台の人も大盤振る舞いと言って随分と焼いてくれたから、マガミは大喜びだったけど。結局エイガ家の正式な告示前にエンコウのことが知られちゃったよ、まったく――

エピローグ

【スワロー視点】


「……私からの告示前に知れ渡ってしまったのだな」

「はい。ジン坊ちゃまがあのあと町に戻ったことで、結果的に知られることになったようです」

「……まったく、ジンの奴が活躍した風に取られるのは不本意なのだが」

旦那様はやれやれといった様子でジン坊ちゃまについて零しました。ただ、その表情には、どことなく嬉しそうな雰囲気も感じられます。

あのゴブリンロードの一件から、旦那様のお気持ちに多少なりとも変化があったと見受けられます。勿論、古くから続く家の慣習に背くことはないですし、旦那様の中心にロイス坊ちゃまがいるのは変わらないとは思いますが。

しかし、もしかしたら旦那様は、少しずつジン坊ちゃまに関心を持ち始めたのかもしれません。ジン坊ちゃまとの距離がわずかでも縮まったのであれば喜ばしいことです。

「ですが、こうして知れ渡ったことは決してエイガ家の不利益にはならないと思います。元々ジン坊ちゃまは、その気さくな性格も相まって、町で暮らす人々から好かれていたようです。ジン坊ちゃまの功績を喜ぶ者はいても、不満を持つ者は少ないでしょう。それに結果的に旦那様を称賛する声も増えております」

「……そうか。人の口に戸は立てられないしな。広まったものは仕方ないか……」

そう、この件において、ジン坊ちゃまに不平不満を持つ者は確かに少ない。ですが、まったくいないわけではありません。

「父様、失礼いたします！」

そして、おそらくこの件を最も面白くないと思うであろう御方が、部屋に入ってきました。興奮からかノックも忘れてしまったようですが。

「ロイス、部屋に入る時はノックをしろと、いつも言っているだろう？」

「あ、し、失礼いたしました。ですが、一大事なため、すぐにでも父様の耳に入れなければと思い……むぅ、スワロー何故お前がここに？　私はこれから父様と大事な話があるのだ。さっさと出ていくがいい！」

命じられてしまいましたが、私は旦那様とお話をしていたので、ロイス坊ちゃまに言われただけで出ていくわけにはいきません。

旦那様はロイス坊ちゃまに言います。

「スワローは今、私と話していたところだ。勝手に乱入してきたのはお前の方だろう？」

「それは、失礼いたしました。ですが、本当に一大事なのです」

「ふむ、それで何が一大事なのだ？」

「はい！　父様、実は町で、ジンの力でゴブリンロードが倒され町が救われたという、とんでもないでたらめな噂が広まっているのです！」

旦那様が額を押さえました。まさに今、私は旦那様とその話をしていたところで、多くの人が喜ぶ中、不満を持つ数少ない人物の一人が直訴してきた形です。

「……ロイス、その件は今スワローから聞いていたところだ。既に知っている」

「なんと！　そうでしたか。ではまさか、この噂を吹聴《ふいちょう》したのはスワロー、貴様か！」

「……私は知得《ちとく》したことをお伝えしたまでです」

「嘘をつけ！　貴様があの愚弟に肩入れしていることなど一目瞭然！　お父様、この者が優秀だというお話はお聞きしましたが、流石にこれはまずいのでは？」

どうやらロイス坊ちゃまの中では、私はすっかり悪者のようです。それにしてもジン坊ちゃまのこととなると本当に周りが見えなくなりますね。

「落ち着けロイス。噂が広まった原因はわかっている。スワローではない」

「なんと、そうでしたか……ではその噂を広めた者をすぐにでも捕らえて、とんでもない嘘であったことを町に知らしめましょう」

「それはできない」

「何故ですか、父様！」

「全てが嘘だとは言い切れないからだ。あのエンコウという大猿がジンに懐いているのも事実なら、ジンのために動いた可能性を否定できないことも事実。あの場に立ち会った兵士の中には、ジンの功績と考えるのは当然だろうと言う者も多いのだ。それに現状、我が領にとって不利益になることはない」

「し、しかし父様！」

「焦るなロイス」

「え？」

ロイス坊ちゃまは食い下がろうとしますが、旦那様は静かな、それでいて相手の内側にずしりとのしかかるような重量感のある声で、ロイス坊ちゃまの主張を遮りました。

「……お前は少し、弟のジンにこだわりすぎだ。そのせいで周りが見えていない節《ふし》がある。確かに今回の件はジンの功績となるが、それがお前の将来に影響することはない。エイガ家において大事なのは魔法の素質だ。それをロイス、お前は生まれながらに持っている」

「……」

「ジンには魔力がない。その差は大きく、とても埋められるものではない。だからお前はジンのことなど気にせず、自分のできることをやればいいのだ。今は己の魔法を磨くことだけに集中するのだ。前も言ったな？　余計なことは考えるな」

「……魔法の腕ですか」

「そうだ。二年後、魔法の大会があるのは知っているな？」

旦那様が言っているのは、三年に一度タラードの町で催《もよお》される、武術大会と魔法大会のことですね。この大会は九歳から十二歳の少年少女を対象としており、別名学園選考会と称されるものです。

この大会でよい成績を残すことができれば、武術大会であれば騎士学園に、魔法大会であれば魔法学園に推薦されます。貴族以外の子どもたちが、何も伝手《つて》がない状態で学園に入学するのは難しいのですが、大会でよい成績を残せばその道が切り拓かれるので、かなり重要な催しとなります。

「タラードの大会ですね。勿論わかっております」

「うむ、ならばお前は、その大会に向けてさらに魔法の腕を上げるのだ。大会でよい成績をおさめるのを期待している」

「勿論です！　私が目指すのは、優勝以外ありえない！」

どうやら上手い具合に、ロイス坊ちゃまの意識を逸らすことができたようです。旦那様は狙って誘導したのかもしれません。

ただ、その大会の話が出たのなら、やはりこのタイミングで切り出すべきでしょう。

「旦那様、その件ですが――実は今朝方、手紙が届きまして、タラゼド卿が来られると」

「え？　大叔父様が！」

私の話にロイス坊ちゃまが反応しました。かなり興奮しているようです。

「それで、大叔父様はいつ？」

「……明日には到着するだろうと」

「むぅ、明日か、また随分と急だな……」

困ったような旦那様に、ロイス坊ちゃまが嬉しそうに言います。

「ですが、丁度よいではありませんか。私も大会に参加することをお伝えできます」

「……そうだな。ふぅ、とにかく、それであればこちらも色々と準備が必要だ。スワローと私はまだ話がある。ロイス、お前は下がれ」

「はい、承知しました。大叔父様が来られるなら、私も恥ずかしくないよう魔法の勉強に勤《いそ》しむとします」

「……そうだな。しっかりやれ」

「はい！」

そしてロイス坊ちゃまは部屋を出ていかれました。それを認めたあと、旦那様はため息を一つつきました。

「……叔父上も相変わらずだな。手紙に明日到着と書かれていたということは、こちらの返事も待たず領地を出たということだろう？」

「そうなります。確かに、いつものことではございますが」

旦那様が椅子の背もたれに体重を乗せ、静かになった部屋にギシリという軋み音だけが響きました。

ラブール・エイガ・タラゼド――旦那様の叔父、つまりロイス坊ちゃまやジン坊ちゃまからみれば大叔父にあたる人物です。そして今話していた大会が行われる、タラゼド伯爵領の領主でもあります。爵位が旦那様より上のため、旦那様もあまり強くは出られません。

ロイス坊ちゃまは、大叔父殿のことを随分と慕っております。一方で旦那様は少し苦手としておりますね。

「……とにかく来るものは仕方ない。それに、大会への参加の件もあったか……スワロー、ロイスはともかくジンの方はどうだ？」

「……剣術のことであれば、ジン坊ちゃまの腕は同世代で抜きん出ているのは間違いなく、私の見立てでは下手な冒険者よりも上です」

「……そこまでか」

実際のところ、ジン坊ちゃまに関しては底が知れません。この間のゴブリンの件でよりそう感じるようになりました。

「ならば――武術大会に出してみるか……」

旦那様が顎に指を添えつつそう口にしました。武術大会ですか……確かにそこでよい成績を残せれば、騎士学校への道が開けます。

もっとも、旦那様が推薦する形でも騎士学校の試験には挑めると思いますが、ただエイガ家は魔法士の家系ということで、それは難しいのでしょう。それに——大叔父であるタラゼド卿のこともあります。

つまり、大会でよい成績を残せれば問題ないとお考えなのでしょう。ただ、ジン坊ちゃまがどう思われるかというのがあるのですが。

「ジンには、スワロー——お前から伝えておいてくれ」

「承知しました。ただ、ジン坊ちゃまがそれを望まれるかは……」

「なんだ。あいつは騎士になりたくはないのか？　そのために剣術を学んでいるのだろう。それとも冒険者にでもなろうというのか？」

「ジン坊ちゃまは興味を持って剣術に打ち込んでおりますが、まだ将来について明確には決めておられないのではないかと」

「……ならば、大会には出るよう伝えておけ。領地を継ぐことはないとはいえ、将来を見据えずフラフラされても困るのだからな」

「……承知しました」

私は一礼して、旦那様の部屋をあとにし、ジン坊ちゃまのもとへ向かうのでした——

スキルは見るだけ簡単入手!
Skill Ha Mirudake Kantan nyuusyu!
〜ローグの冒険譚〜
著 夜夢
YORUMU
匠の技も竜のブレスも
見れば完コピ
&レベルカンスト!?
スキル集めて楽々最強ファンタジー!
幼い頃、盗賊団に両親を攫われて以来、一人で生きてきた少年、ローグ。ある日彼は、森で自称神様という不思議な男の子を助ける。半信半疑のローグだったが、お礼に授かった能力が優れ物。なんと相手のスキルを見るだけで、自分のものに(しかも、最大レベルで)出来てしまうのだ。そんな規格外の力を頼りに、ローグは行方不明の両親捜しの旅に出る。当然、平穏無事といくはずもなく……彼の力に注目した世間から、数々の依頼が舞い込んできて——!?
身寄りのない少年が【神眼】を授かって世直し旅に出る!
匠の技も竜のブレスも
見れば完コピ
&Lvカンスト!!
◆定価:本体1200円+税
◆ISBN 978-4-434-27157-1
◆Illustration:天之有

40歳の真島光流《ましまみつる》は、ある日突然、他数人とともに異世界に召喚された。しかし、ステータスの低い彼は利用価値がないと判断され、追放されてしまう。おまけに、道を歩いているとチンピラに身ぐるみを剥がされる始末。いきなり異世界で路頭に迷う彼だったが、路上生活をしているらしき男、シオンと出会ったことで、少しだけ道が開けた。漁れる残飯、眠れる舗道、そして裏ギルドで受けられる雑用仕事など、生きていく方法を教えてくれたのだ。この底辺から、真島光流改め「ミーツ」は這い上がっていくことにした――

◉定価:本体1200円+税　◉ISBN 978-4-434-27236-3

◉Illustration:木志田コテツ

落ちこぼれ
ぼっちテイマーは
諦めません
AUTHOR
たゆ
従魔と一緒なら
ぼっちでも強くなれる!

闇精霊に好かれた精霊術師

Yamiseirei ni sukareta seireijutsushi

著 お茶っ葉 Ochappa

ダンジョンで見捨てられた駆け出し冒険者、
気まぐれな闇精霊に気に入られ……

今代唯一の“精霊使い”になる?

精霊の力を借りて戦う“精霊術師”の少年ニノは、ダンジョンで仲間に見捨てられた。だがそこで偶然、かつて人族と敵対し数百年もの間封印されていた、闇精霊の少女・フィアーと出会い契約することに。闇の力とは対照的に、普通の女の子らしさや優しさも持つフィアー。彼女のおかげでダンジョンから街に帰還したニノは、今度は自らを見捨てたパーティとの確執や、謎の少女による“冒険者殺し”事件に巻き込まれていく。大切な仲間を守るため、ニノは自分の身を顧みず戦いに身を投じるのだった——。

◆定価：本体1200円+税　◆ISBN 978-4-434-27232-5　◆Illustration：あんべよしろう

この作品に対する皆様のご意見・ご感想をお待ちしております。

おハガキ・お手紙は以下の宛先にお送りください。

【宛先】

〒150-6008 東京都渋谷区恵比寿4-20-3 恵比寿ｶﾞｰﾃﾞﾝﾌﾟﾚｲｽﾀﾜｰ 8F
（株）アルファポリス　書籍感想係

メールフォームでのご意見・ご感想は右のＱＲコードから、
あるいは以下のワードで検索をかけてください。

アルファポリス　書籍の感想　検索

ご感想はこちらから

本書はWebサイト「アルファポリス」（https://www.alphapolis.co.jp/）に投稿されたものを、
改題・改稿、加筆のうえ、書籍化したものです。

辺境《へんきょう》貴族《きぞく》の転生忍者《てんせいにんじゃ》は今日《きょう》もひっそり暮《く》らします。

空地《そらち》 大乃《だいだい》

2020年 3月31日初版発行

編集－藤井秀樹・宮本剛・篠木歩
編集長－太田鉄平
発行者－梶本雄介
発行所－株式会社アルファポリス
〒150-6008 東京都渋谷区恵比寿4-20-3 恵比寿ｶﾞｰﾃﾞﾝﾌﾟﾚｲｽﾀﾜｰ8F
TEL 03-6277-1601（営業）　03-6277-1602（編集）
URL https://www.alphapolis.co.jp/
発売元－株式会社星雲社（共同出版社・流通責任出版社）
〒112-0005 東京都文京区水道1-3-30
TEL 03-3868-3275
装丁・本文イラスト－リッター
装丁デザイン－AFTERGLOW
印刷－中央精版印刷株式会社

価格はカバーに表示されてあります。

落丁乱丁の場合はアルファポリスまでご連絡ください。

送料は小社負担でお取り替えします。


ISBN978-4-434-27235-6　C0093